中华优秀传统文化项目化教材

中华优秀传统文化经典诗文导学

主　编　张　利
副主编　李　新　牛凯波

北京理工大学出版社
BEIJING INSTITUTE OF TECHNOLOGY PRESS

版权专有　侵权必究

图书在版编目（CIP）数据

中华优秀传统文化经典诗文导学 / 张利主编. -- 北京：北京理工大学出版社，2022.8
ISBN 978-7-5763-1612-4

Ⅰ. ①中… Ⅱ. ①张… Ⅲ. ①中国文学 - 古典文学 - 高等职业教育 - 教材 Ⅳ. ①I212.01

中国版本图书馆 CIP 数据核字(2022)第 147861 号

出版发行 / 北京理工大学出版社有限责任公司
社　　址 / 北京市海淀区中关村南大街 5 号
邮　　编 / 100081
电　　话 / (010) 68914775（总编室）
　　　　　 (010) 82562903（教材售后服务热线）
　　　　　 (010) 68944723（其他图书服务热线）
网　　址 / http://www.bitpress.com.cn
经　　销 / 全国各地新华书店
印　　刷 / 唐山富达印刷有限公司
开　　本 / 787 毫米 × 1092 毫米　1/16
印　　张 / 10.5　　　　　　　　　　　　　　　　　责任编辑 / 李慧智
字　　数 / 235 千字　　　　　　　　　　　　　　　文案编辑 / 李慧智
版　　次 / 2022 年 8 月第 1 版　2022 年 8 月第 1 次印刷　责任校对 / 周瑞红
定　　价 / 36.00 元　　　　　　　　　　　　　　　责任印制 / 李志强

图书出现印装质量问题，请拨打售后服务热线，本社负责调换

前　言

就如同这阴阴的天气，预告了一周也未见一朵雪花飘落，教材已成稿多天，总想写些什么，却一直下不了笔。

教材是教学之依托，讲究的是精与准。说"精"是指教材内容要扼其要，携其核，真正汇编该学科之"髓"；说"准"是指学生能学得懂，用得上，真正惠及学生之"需"。

本教材恰是符合这两个特点的教材形式，其编写之思路也正好对应了"准"与"精"。从学生入学成绩、知识积累、精神需求、行事做人、就业趋向等方面考量，来正确评估学生的心理渴求与行为指向、储存缺漏与知识盲点，这样就为学生用得上、学得懂打下了好的基础。同时，现行的中华优秀传统文化教材，常识性突出，是极好的阅读范本，与我们的"经典读本"一起托起了中华传统文化之"优秀"的广度与深度，为"准"做好了前期的储备。在此基础上，再从内容上做出精准化选择，编排上做出精细化设计，方能靠近一个"精"字。

基于这样的思考，我们编写的这本教材，首先切中了"准"字，也即用两个学期的项目化教学落地实施，诠释了"教材"的真正含义，使之成为学生所"需"之本。而至于"精"则从如下两个方向来编写：一是所选诗文围绕"经典"来铺排。所谓"经典"即为中华传统文化长河里经大浪淘沙后留存下的金子，既具有文明的高度又契合时代的主题，既呈现诗文的精致又揭示文化的灵魂，于是我们严格遵循习近平总书记的指示："文化是一个国家，一个民族的灵魂。文化兴则国家兴，文化强则民族强，没有高度的文化自信，没有文化的繁荣昌盛，就没有中华民族的伟大复兴"，从社会主义核心价值观的高度来选编真正的"经典"。二是所循体例依照"项目"来设计。所谓"项目"，即学院近年来力倡的以生为本的先进理念下的现代教学方法，依此共列编为九个项目：项目一"家乡文化"讲说会、项目二"心灵对话"课本剧编写与表演、项目三"经典再现"课本剧编写与表演、项目四"经典"诵读会、项目五"经典誊写"编辑活动、项目六"成长感悟"作文比赛、项目七"青春记忆"拍摄视频活动、项目八经典阅读、项目九经典提要，而其骨子里传承的仍然是中华优秀传统文化以及中华优秀传统文化之"听说读写"的真功夫和老传统。

经典铺排时，我们依照 2 课时/周的实际，选择篇幅短、易记诵的经典诗文篇目作为精讲篇目，选择与项目一致的推荐书目，与培养目标一致的经典文本精句、经典阅读篇目及其提要等，共同构架了互为依托、相衔相扣的经典诗文资源库，为学生提供了翻阅、检索的诸多便利。

在经典教学中，我们在实践的基础上规范出了活动步骤和实施过程，并制定出了素质目标、知识目标、能力目标。其目的是让学生真正参与到教学活动中来，让学生在动中学、在练中学、在成果中进步，以使"读本"能真正落在实处，使学生能背诵，能默写，能听进去，能说出来。

课余阅读与经典教学相伴相生，支撑了教学，引领了成长，衍生出了文稿与讲说、剧本与表演、诵读与誊写、作文与视频、阅读与感悟等诸多可视化成果，带给了学生阅读的快乐和成就感，养成爱读书、好读书的习惯，必然成为学生文化素养提升的最佳方式。

说实话，经典文本编撰的核心是经典篇目，不是教材的体例；经典篇目的版权属于中华文化的历代大师们，本教材只是依据某种思路的一次装配而已。就教材而言，也应当运行 3 年以上，并经过多轮修订，才有出版的资格。因而，一旦教材出版了，那首先应当向中华文化的历代大师们致谢！

搁下笔，推开窗，校园里竟然一片白茫茫！

真下雪了?!

到操场上走走去，亲近一下这久违的雪花！

张　利

目 录

项目一　"家乡文化"讲说会 …………………………………………… 1
项目二　"心灵对话"课本剧编写与表演 ……………………………… 21
项目三　"经典再现"课本剧编写与表演 ……………………………… 35
项目四　"经典"诵读会 ………………………………………………… 49
项目五　"经典誊写"编辑活动 ………………………………………… 56
项目六　"成长感悟"作文比赛 ………………………………………… 67
项目七　"青春记忆"拍摄视频活动 …………………………………… 83
项目八　经典阅读 ………………………………………………………… 91
项目九　经典提要 ………………………………………………………… 155
　　　　参考文献 ………………………………………………………… 162

项目一 "家乡文化"讲说会

——说单元（学讲说）

【主要内容】

（1）解说影响自己成长的家乡的人或事。

（2）解读家乡文化。

【时长】

6 次课

【实施步骤】

1. 初步学练讲说

每个学生介绍自己与家乡——教师逐个点评及补充。

2. 品味经典之美

《乾坤之象》《老子三章》《论语六则》《兼爱》。

3. 经典文本示例

4. 学练与展示

班级平台讲说——教师逐个点评。

5. 评比与打分

（1）可采用个体、群体、分角色、配乐、情景等形式进行展示。

(2)按照评分标准打分。

【推荐书目】

(1)《国学读本》,任继愈,商务印书馆,2013年版。

(2)《中国文化史导论》,钱穆,商务印书馆,1994年版。

(3)《中国文化史》(上下册),陈登原,商务印书馆,2014年版。

(4)《山西文明史》(上中下册),杨茂林等,商务印书馆,2015年版。

(5)《汉字博物馆》,任德山、任犀然,商务印书馆,2007年版。

(6)《汉字的文化解读》,王立军等,商务印书馆,2012年版。

每个学生介绍自己,解读家乡的文化人物、重大历史事件和名胜古迹。

选 文 一

[学习目标]

1. 素质目标

(1)体味自强不息、厚德载物的中国人文精神特质。

(2)确立民族自信心和自豪感。

2. 知识目标

(1)掌握乾与坤以及其他"八卦"的卦象与内涵。

(2)了解《周易》的基本框架与基本表现元素。

(3)确立中国传统的宇宙观念。

3. 能力目标

(1)能够画出八卦的基本图形。

(2)体味五行的内在关联。

（3）能够替换"主语"朗诵。

乾坤之象[1]

《周易》

天行健，君子以自强不息[2]。

地势坤，君子以厚德载物[3]。

[注释]

[1] 这两句出自《周易》中的乾卦、坤卦之《象传》。《象传》简称《象》，解释六十四卦每一卦的卦画、卦象、卦辞、爻辞，大约形成于战国后期。《象传》一般总是以简明扼要的字句指出每一卦的卦义，这部分文字被称为"大象"，而对每一爻的解释则称为"小象"。《象传》解说善于从自然万物的运行规律中探求哲学之道、为人之道，从而获得"天人合一"的理想范式，反映了中国古代哲学智慧的特点，成为中国古代审美观的最高境界。

[2] 天行：既可指天体的运行，也可理解为"天道"。健：刚健。此句讲乾卦的意义：天体以巨大的动能运行不已，洋溢着无限活力和生机。人的精神、品质和行为应与天道相一致，所以应该体现为自强不息。刚健为《周易》之魂，崇尚阳刚精神反映了先人强烈的进取精神。

[3] 坤：顺，即顺应天道。此句讲坤卦的意义：大地无比深厚、广阔、辽远，持载、养育万物，功德无量，仍然顺承于天，才使世界呈现一派生机。君子要效法大地，用深厚的德泽来化育万物。厚德载物，既强调个人修身，又重视造福周围社会。德：指道德，是《周易》中强调的一种崇高的精神境界，又是一种智慧，更是无比强大的精神力量。

选 文 二

[学习目标]

1. 素质目标

（1）体味人与自然"天人合一"的和谐关系。

（2）学会本色处事、本色修炼、本色治学。

2. 知识目标

（1）体味《老子》的自然情怀。

（2）理解智、明、力、强、富、志、知的含义。

（3）掌握《老子》的篇章结构与特点。

3. 能力目标

（1）观察"水"的性状，掌握"水"的秉性。

（2）写出以"水"为主题的感悟性短文或关于治学之"病"的检讨书。

（3）能够背诵默写全诗。

《老子》三章[1]

第八章

上善若水[2]。水善利万物而不争，处众人之所恶[3]，故几于道[4]。居善地[5]，心善渊[6]，与善仁[7]，言善信[8]，政善治[9]，事善能[10]，动善时[11]。夫唯不争，故无尤[12]。

第三十三章

知人者智，自知者明。胜人者有力，自胜者强[13]。知足者富，强行者有志[14]。不失其所者久[15]，死而不亡者寿。

第七十一章

知不知，上[16]；不知知，病。圣人不病，以其病病。夫唯病病[17]，是以不病。

[注释]

[1] 知人难，自知更难，所以明是比智更高的境界；战胜别人算作有力量，战胜自己才是强者，所以强是比有力更高的境界。自知、自胜，都意味着认识自我，战胜自我。圣人能正确地认识自己，所以不会犯"不知，知"的弊病。如何才能达到圣人的境界，就要像水一样，利万物却不与万物争宠，始终把自己的姿态放得最低。这是《道德经》中三篇短文给我们的启示。

[2] 上善若水：上善之人（圣人）具有近似于水的特性。

［3］处众人之所恶：始终停留在众人所厌恶的低下、隐蔽之处。

［4］几于道：接近于道或相似于道。

［5］居善地：水停留的地方都是众人厌恶的低洼之地；圣人选择的住宅则是不引人注目的地方。

［6］心善渊：水渊则藏，含而不露；圣人胸怀若谷，从不自我炫耀。

［7］与善仁：水利万物而不害万物；圣人处世仁慈，无私奉献而不图回报。

［8］言善信：水虽不言，却避高趋洼，平衡高低，有着至诚不移的规律性；圣人言行一致，以诚信为本。

［9］政善治：水可以冲洗污垢，刷新世界；圣人为政，清正廉洁，善于消除腐败。

［10］事善能：水能静能动，能急能缓；圣人做事，一切遵循客观规律。

［11］动善时：水，冬雪夏雨，随着季节的变化而变化，不违天时；圣人做事审时度势，伺机而动。

［12］无尤：没有过失，不招怨恨。

［13］强："守柔曰强"，即能伸能屈、不与人争、人莫能争者为强。

［14］强行：王弼注曰"勤能行之"。

［15］不失其所：不离去自己真朴境界。

［16］知不知，上：意为："知，不言知，上。"下句意为："不知，言知，病。"

[17] 病病：第一个病是动词，痛恨的意思；第二个病是名词，病患、病害的意思。

选 文 三

［学习目标］

1. 素质目标

（1）理解儒家修身正己的人格追求。

（2）具有儒家勇于担当的家国情怀。

2. 知识目标

（1）了解《论语》的架构与特色。

（2）理解立、不惑、天命、耳顺、不逾矩的含义。

（3）理解"四勿"的含义。

3. 能力目标

(1) 能够诵读默写《论语》中的语录。

(2) 撰写自己的人生规划书。

《论语》六则[1]

子[2]曰:"吾十有[3]五而志于学,三十而立[4],四十而不惑,五十而知天命,六十而耳顺[5],七十而从心所欲,不逾矩[6]。"(《为政》)

子曰:"德不孤,必有邻。"(《里仁》)

子曰:"德之不修,学之不讲,闻义不能徙[7],不善不能改,是吾忧也。"(《述而》)

颜渊[8]问仁。子曰:"克己复礼为仁[9]。一日克己复礼,天下归仁焉[10]。为仁由己,而由人乎哉?"颜渊曰:"请问其目?"子曰:"非礼勿视,非礼勿听,非礼勿言,非礼勿动。"颜渊曰:"回虽不敏,请事斯语矣。"(《颜渊》)

子曰:"其身正,不令而行;其身不正,虽令不从。"(《子路》)

陈亢问于伯鱼曰[11]:"子亦有异闻乎?"对曰:"未也。尝独立,鲤趋[12]而过庭。曰:'学《诗》乎?'对曰:'未也。''不学《诗》,无以言!'鲤退而学《诗》。他日,又独立,鲤趋而过庭。曰:'学礼乎?'对曰:'未也。''不学礼,无以立!'鲤退而学礼。闻斯二者。"陈亢退而喜曰:"问一得三:闻诗,闻礼,又闻君子远其子也。"(《季氏》)

[注释]

[1] 这六则语录均选自《论语》,内容主要侧重人格修养方面。原散见于该书各章之中,这里按照在原书中出现的先后顺序排列。这些思想见解,是孔子长期积累的丰富人生经验的积淀,言简意赅,充满真知灼见,两千多年来一直被人们广泛传诵。

[2] 子:先秦时对有学问、有道德的人的尊称。这里指孔子。

[3] 有:通"又"。

[4] 立:以礼修身。

[5] 耳顺：邢昺据郑玄注曰"耳闻其言，则知其微旨而不逆也"。

[6] 矩：法度。

[7] 徙：改变。

[8] 颜渊：颜回，字子渊，鲁人，在孔丘诸弟子中，以德行著称。

[9] 克己复礼为仁：克制自己，使言行都合于礼的规范，这就是仁。

[10] 归仁：称赞为仁人。

[11] 陈亢：字子亢，又字子禽，陈人。伯鱼：孔鲤，字伯鱼，孔丘之子。

[12] 趋：小步快走。

选 文 四

[学习目标]

1. 素质目标

(1) 学会担当，树立责任意识。

(2) 把握"独善其身"与"兼济天下"的关系。

2. 知识目标

(1) 理解非攻尚和、协和万邦的和合思想。

(2) 了解墨家的基本观点及墨家观点的社会意义。

3. 能力目标

(1) 掌握儒家仁爱与墨家兼爱主张的异同。

(2) 选用关键字词与句子，厘清文章的思路。

兼 爱[1]（上）

《墨子》

圣人以治天下为事者也，必知乱之所自起，焉[2]能治之；不知乱之所自起，则不能治。譬之如医之攻[3]人之疾者然，必知疾之所自起，焉能攻之；不知疾之所自起，则弗能攻。治乱者何独不然[4]？必知乱之所自起，焉能治之；不知乱之所自起，则弗能治。

圣人以治天下为事者也，不可不察乱之所自起。当[5]察乱何自起，起不相爱。臣子之不孝君父，所谓乱也。子自爱不爱父，故亏父而自利；弟自爱不爱兄，故亏兄而自利；臣自爱不爱君，故亏君而自利，此所谓乱也。虽父之不慈子，兄之不慈弟，君之不慈臣，此亦天下之所谓乱也。父自爱也，不爱子，故亏子而自利；兄自爱也，不爱弟，故亏弟而自利；君自爱也，不爱臣，故亏臣而自利。是何也？皆起不相爱。

虽至天下之为盗贼者亦然[6]。盗爱其室，不爱其异室[7]，故窃异室以利其室；贼爱其身，不爱人身[8]，故贼[9]人身以利其身。此何也？皆起不相爱。

虽至大夫之相乱家，诸侯之相攻国者亦然。大夫各爱其家，不爱异家，故乱异家以利其家；诸侯各爱其国，不爱异国，故攻异国以利其国。天下之乱物[10]，具[11]此而已矣。察此何自起？皆起不相爱。

若使天下兼相爱，爱人若爱其身，犹有不孝者乎？视父兄与君若其身，恶施不孝[12]？犹有不慈者乎？视弟子与臣若其身，恶施不慈？故不孝不慈亡有[13]。犹有盗贼乎？故视人之室若其室，谁窃？视人身若其身，谁贼？故盗贼亡有。犹有大夫之相乱家、诸侯之相攻国者乎？视人家若其家，谁乱？视人国若其国，谁攻？故大夫之相乱家、诸侯之相攻国者亡有。若使天下兼相爱，国与国不相攻，家与家不相乱，盗贼无有，君臣父子皆能孝慈，若此则天下治。

故圣人以治天下为事者，恶得不禁恶而劝爱[14]！故天下兼相爱则治，交相恶则乱。故子墨子[15]曰"不可以不劝爱人者"，此也。

[注释]

[1] 本篇选自《墨子·兼爱》。《兼爱》有上、中、下三篇，均阐述"天下兼相爱则治"的道理。这里选录其上篇。墨子的"兼爱"，主张爱无差等（即对一切人同样的爱），与儒家的"仁"和"推恩"思想（即爱是由近及远，由亲及疏的）相对立。但墨家的这种兼爱，是离开阶级内容的抽象的爱，在阶级社会里是行不通的。

[2] 焉：乃，下同。

[3] 攻：治。

[4] 治乱者：治理社会纷乱的人。何独不然：哪能单独例外而不是这样呢？

[5] 当：通"尝"，尝试。

[6] "虽至"句：即使说到天下那些做盗贼的也是这样。

[7] 其：此字是衍文。异室：别人的家。

[8] 人身：他人之身。本句及下句两"人"字下本无"身"字，均从清朝俞樾说补。

[9] 贼：这里作动词，残害的意思。

[10] 乱物：犹乱事。

[11] 具此：俱尽于此。具，通"俱"。

[12] 恶（wū）施不孝：怎么会做出不孝的事呢？恶，何。

[13] "故不"句：因此没有不孝不慈的人。亡，通"无"。

[14] 恶得不禁恶而劝爱：怎么能不禁止相互仇恨而劝导相互爱护呢？本句前一"恶"（wū）字作"何"解，后一"恶"（wù）字作仇恨解。

[15] 子墨子：弟子对墨子的尊称。

相关链接

明 志

◎子曰："三军可夺帅也，匹夫不可夺志也。"

——《论语·子罕》

◎子曰："士志于道，而耻恶衣恶食者，未足与议也。"

——《论语·里仁》

◎君子不器。

——《论语·为政》

◎居天下之广居，立天下之正位，行天下之大道。得志，与民由之，不得志，独行其道。富贵不能淫，贫贱不能移，威武不能屈，此之谓大丈夫。

——《孟子·滕文公下》

◎禹思天下有溺者，由己溺之也；稷思天下有饥者，由己饥之也；是以如是其急也。

——《孟子·离娄下》

◎志不强者，智不达；言不信者，行不果。

——《墨子·修身》

◎石可破也，而不可夺坚；丹可磨也，而不可夺赤。坚与赤，性之有也。性也者，所受于天也，非择取而为之也。豪士之自好者，其不可漫以污也，亦犹此也。

——《吕氏春秋·诚廉》

◎夫骥骜之气，鸿鹄之志，有谕乎人心者，诚也。人亦然，诚有之则神应乎人矣，言岂足以谕之哉？此谓不言之言也。

——《吕氏春秋·士容》

◎古之立大事者，不惟有超世之才，亦必有坚忍不拔之志。

——《晁错论》

好 学

◎博学之，审问之，慎思之，明辨之，笃行之。有弗学，学之弗能，弗措也；有弗问，问之弗知，弗措也；有弗思，思之弗得，弗措也；有弗辨，辨之弗明，弗措也；有弗行，行之弗笃，弗措也。人一能之己百之，人十能之己千之。果能此道矣，虽愚必明，虽柔必强。

——《中庸》

◎子曰："由也，女闻六言六蔽矣乎？"对曰："未也。""居！吾语女。好仁不好学，其蔽也愚；好知不好学，其蔽也荡；好信不好学，其蔽也贼；好直不好学，其蔽也绞；好勇不好学，其蔽也乱；好刚不好学，其蔽也狂。"

——《论语·阳货》

◎子夏曰："贤贤易色；事父母，能竭其力；事君，能致其身；与朋友交，言而有信。虽曰未学，吾必谓之学矣。"

——《论语·学而》

◎子曰："君子食无求饱，居无求安，敏于事而慎于言，就有道而正焉，可谓好学也已。"

——《论语·学而》

◎子曰："学而不思则罔，思而不学则殆。"

——《论语·为政》

◎哀公问："弟子孰为好学？"孔子对曰："有颜回者好学，不迁怒，不贰过，不幸短命死矣。今也则亡，未闻好学者也。"

——《论语·雍也》

◎子曰："古之学者为己，今之学者为人。"

——《论语·宪问》

◎子曰："学如不及，犹恐失之。"

——《论语·泰伯》

◎子曰："吾尝终日不食，终夜不寝，以思，无益，不如学也。"

——《论语·卫灵公》

◎子曰："赐也，女以予为多学而识之者与？"对曰："然，非与？"曰："非也，予一以贯之。"

——《论语·卫灵公》

◎子夏曰："日知其所亡，月无忘其所能，可谓好学也已矣。"子夏曰："博学而笃志，切问而近思，仁在其中矣。"子夏曰："百工居肆以成其事，君子学以致其道。"

——《论语·子张》

◎仁，人心也；义，人路也。舍其路而弗由，放其心而不知求，哀哉！人有鸡犬放，则知求之；有放心而不知求。学问之道无他，求其放心而已矣。

——《孟子·告子上》

◎我欲贱而贵，愚而智，贫而富，可乎？曰：其唯学乎。彼学者，行之，曰士也；敦慕焉，君子也；知之，圣人也。

——《荀子·儒效》

◎孔子曰："君子有三思，而不可不思也。少而不学，长无能也；老而不教，死无思也；有而不施，穷无与也。是故君子少思长则学，老思死则教，有思穷则施也。"

——《荀子·法行》

◎学，行之，上也；言之，次也；教人，又其次也。咸无焉，为众人。

——《法言·学行》

孝 亲

◎有天地然后有万物；有万物然后有男女；有男女然后有夫妇；有夫妇然后有父子；有父子然后有君臣；有君臣然后有上下；有上下然后礼义有所错。

——《周易·序卦传》

◎父兮生我，母兮鞠我。拊我畜我，长我育我，顾我复我，出入腹我。欲报之德，昊天罔极！

——《诗经·蓼莪》

◎有子曰："其为人也孝悌，而好犯上者，鲜矣！不好犯上，而好作乱者，未之有也。君子务本，本立而道生。孝悌也者，其为仁之本与！"

——《论语·学而》

◎子曰："父在，观其志；父没，观其行；三年无改于父之道，可谓孝矣。"

——《论语·学而》

◎子曰："弟子入则孝，出则悌，谨而信，泛爱众，而亲仁。行有余力，则以学文。"

——《论语·学而》

◎孟武伯问孝。子曰："父母唯其疾之忧。"

子游问孝。子曰："今之孝者，是谓能养。至于犬马皆能有养；不敬，何以别乎？"

子夏问孝。子曰："色难。有事，弟子服其劳；有酒食，先生馔，曾是以为孝乎？"

——《论语·为政》

◎子曰："事父母几谏，见志不从，又敬不违，劳而不怨。"

——《论语·里仁》

◎子曰:"孝哉闵子骞!人不间于其父母昆弟之言。"

——《论语·先进》

◎君子有三乐,而王天下不与存焉。父母俱存,兄弟无故,一乐也;仰不愧于天,俯不怍于人,二乐也;得天下英才而教育之,三乐也。君子有三乐,而王天下不与存焉。

——《孟子·尽心上》

◎世俗所谓不孝者五:惰其四支,不顾父母之养,一不孝也;博弈好饮酒,不顾父母之养,二不孝也;好货财,私妻子,不顾父母之养,三不孝也;从耳目之欲,以为父母戮,四不孝也;好勇斗狠,以危父母,五不孝也。

——《孟子·离娄下》

◎老吾老,以及人之老;幼吾幼,以及人之幼。天下可运于掌。

——《孟子·梁惠王上》

◎子曰:"夫孝,德之本也,教之所由生也。复坐,吾语汝。""身体发肤,受之父母,不敢毁伤,孝之始也。立身行道,扬名于后世,以显父母,孝之终也。夫孝,始于事亲,中于事君,终于立身。《大雅》云:'无念尔祖,聿修厥德。'"

——《孝经》

◎孝子所以不从命有三:从命则亲危,不从命则亲安,孝子不从命乃衷;从命则亲辱,不从命则亲荣,孝子不从命乃义;从命则禽兽,不从命则修饰,孝子不从命乃敬。故可以从命而不从,是不子也;未可以从而从,是不衷也;明于从不从之义,而能致恭敬、忠信、端悫以慎行之,则可谓大孝矣。《传》曰:"从道不从君,从义不从父。"此之谓也。

——《荀子·子道》

诚 信

◎是故君子有大道,必忠信以得之,骄泰以失之。

——《大学》

◎曾子曰："吾日三省吾身。为人谋而不忠乎？与朋友交而不信乎？传不习乎？"

——《论语·学而》

◎子曰："人而无信，不知其可也。大车无輗，小车无軏，其何以行之哉？"

——《论语·为政》

◎子贡问政，子曰："足食，足兵，民信之矣。"子贡曰："必不得已而去，于斯三者何先？"曰："去兵。"子贡曰："必不得已而去，于斯二者何先？"曰："去食。自古皆有死，民无信不立。"

——《论语·颜渊》

◎子张问行，子曰："言忠信，行笃敬，虽蛮貊之邦，行矣；言不忠信，行不笃敬，虽州里，行乎哉？立，则见其参于前也；在舆，则见其倚于衡也，夫然后行。"子张书诸绅。

——《论语·卫灵公》

◎叶公语孔子曰："吾党有直躬者，其父攘羊，而子证之。"孔子曰："吾党之直者异于是：父为子隐，子为父隐，直在其中矣。"

——《论语·子路》

◎子夏曰："君子信而后劳其民，未信，则以为厉己也，信而后谏，未信，则以为谤己也。"

——《论语·子张》

◎父子有亲，君臣有义，夫妇有别，长幼有序，朋友有信。

——《孟子·滕文公上》

◎孟子曰："居下位而不获于上，民不可得而治也。获于上有道，不信于友，弗获于上矣。信于友有道，事亲弗悦，弗信于友矣。悦亲有道，反身不诚，不悦于亲矣。诚身有道，不明乎善，不诚其身矣。是故，诚者，天之道也。思诚者，人之道也。至诚而不动者，未之有也。不诚，未有能动者也。"

——《孟子·离娄上》

◎信信，信也；疑疑，亦信也。

——《荀子·非十二子》

◎士君子之所能不能为：君子能为可贵，不能使人必贵己；能为可信，不能使人必信己；能为可用，不能使人必用己。故君子耻不修，不耻见污；耻不信，不耻不见信；耻不能，不耻不见用。是以不诱于誉，不恐于诽，率道而行，端然正己，不为物倾侧，夫是之谓诚君子。

——《荀子·非十二子》

◎儒有不宝金石，而忠信以为宝。

——《礼记·儒行》

知足常乐

◎见素抱朴，少私寡欲。

——《老子·第十九章》

◎知足者富。

——《老子·第三十三章》

◎名与身孰亲？身与货孰多？得与亡孰病？是故甚爱必大费，多藏必厚亡。知足不辱，知止不殆，可以长久。

——《老子·第四十四章》

◎祸莫大于不知足，咎莫大于欲得。故知足之足，常足矣。

——《老子·第四十六章》

◎古之得道者，穷亦乐，通亦乐。所乐非穷通也，道德于此，则穷通为寒暑风雨之序矣。

——《庄子·让王》

◎古之畜天下者，无欲而天下足，无为而万物化，渊静而百姓定。

——《庄子·天地》

◎圣也者，达于情而遂于命也。天机不张而五官皆备，此之谓天乐。无言而心说。

——《庄子·天运》

◎适来，夫子时也；适去，夫子顺也。安时而处顺，哀乐不能入也，古者谓是帝之县解。

——《庄子·养生主》

◎差其时，逆其俗者，谓之篡夫；当其时，顺其俗者，谓之义徒。

——《庄子·秋水》

◎故知天乐者，无天怨，无人非，无物累，无鬼责。

——《庄子·天道》

◎谨修而身，慎守其真，还以物与人，则无所累矣。

——《庄子·渔父》

◎真者，所以受于天也，自然不可易也。故圣人法天贵真，不拘于俗。

——《庄子·渔父》

◎可在乐生，可在逸身。故善乐生者不窭，善逸身者不殖。

——《列子·杨朱》

◎是故神明藏于无形，精神反于至真，则目明而不以视，耳聪而不以听，心条达而不以思虑，委而弗为，和而弗矜，真性命之情，而智故不得杂焉。

——《淮南子·本经训》

◎是故圣人者，能阴能阳，能弱能强，随时而动静，因资而立功，物动而知其反，事萌而察其变，化则为之象，运则为之应，是以终身而无所困。

——《淮南子·汜论训》

◎是故圣人因时以安其位，当世而乐其业。

——《淮南子·精神训》

以柔克刚

◎持而盈之，不如其已；揣而锐之，不可长保。

——《老子·第九章》

◎知其雄，守其雌，为天下溪。为天下溪，常德不离，复归于婴儿。知其白，守其黑，为天下式，为天下式，常德不忒（tè），复归于无极。知其荣，守其辱，为天下谷。为天下谷，常德乃足，复归于朴。朴散则为器，圣人用之，则为官长，故大制不割。

——《老子·第二十八章》

◎胜人者有力，自胜者强。

——《老子·第三十三章》

◎明道若昧，进道若退，夷道若颣，上德若谷，广德若不足，建德若偷，质真若渝，大白若辱，大方无隅，大器晚成，大音希声，大象无形。

——《老子·第四十一章》

◎大成若缺，其用不弊。大盈若冲，其用不穷。大直若屈，大巧若拙，大辩若讷（nè）。

——《老子·第四十五章》

◎用其光，复归其明；无遗身殃，是为袭常。

——《老子·第五十二章》

◎慎终如始，则无败事。

——《老子·第六十四章》

◎江海之所以能为百谷王，以其善下之，故能为百谷王。是以欲上民，必以言下之；欲先民，必以身后之。是以圣人处上而民不重，处前而民不害，是以天下乐推而不厌。以其不争，故天下莫能与之争。

——《老子·第六十六章》

◎我有三宝，持而保之：一曰慈，二曰俭，三曰不敢为天下先。慈故能勇；俭故能广；不敢为天下先，故能成器长。今舍慈且勇，舍俭且广，舍后且先，死矣！

——《老子·第六十七章》

◎是以圣人处无为之事，行不言之教；万物作焉而不辞，生而不有，为而不恃（shì），功成而弗居。夫唯弗居，是以不去。

——《老子·第二章》

◎道常无为而无不为。侯王若能守之，万物将自化。

——《老子·第三十七章》

◎以贤临人，未有得人者也；以贤下人，未有不得人者也。

——《庄子·徐无鬼》

◎道与之貌，天与之形，无以好恶内伤其身。

——《庄子·德充符》

◎当时命而大行乎天下，则反一无迹；不当时命而大穷乎天下，则深根宁极而待；此存身之道也。

——《庄子·缮性》

◎至乐活身，唯无为几存。

——《庄子·至乐》

◎故君子不得已而临莅天下，莫若无为。无为也，而后安其性命之情。……故君子苟能无解其五藏，无擢其聪明，尸居而龙见，渊默而雷声，神动而天随，从容无为，而万物炊累焉。

——《庄子·在宥》

◎逍遥，无为也；苟简，易养也；不贷，无出也。古者谓是采真之游。

——《庄子·天运》

◎就薮泽，处闲旷，钓鱼闲处，无为而已矣；此江海之士，避世之人，闲暇者之所好也。

——《庄子·刻意》

◎天无为以之清，地无为以之宁，故两无为相合，万物皆化。芒乎芴乎，而无从出乎！芴乎芒乎，而无有象乎！万物职职，皆从无为殖。故曰："天地无为也而无不为也。"人也孰能得无为哉！

——《庄子·至乐》

上善若水

◎守柔曰强。

——《老子·第五十二章》

◎是以圣人自知不自见，自爱不自贵。

——《老子·第七十二章》

◎天下莫柔弱于水，而攻坚强者，莫之能胜，以其无以易之。弱智胜强，柔之胜刚，天下莫不知，莫能行。

——《老子·第七十八章》

◎致虚极，守静笃。万物并作，吾以观复。夫物芸芸，各复归其根。归根曰静，是谓复命。复命曰常，知常曰明。

——《老子·第十六章》

◎躁胜寒，静胜热。清静为天下正。

——《老子·第四十五章》

◎彻志之勃，解心之谬，去德之累，达道之塞。贵富显严名利六者，勃志也；容动色理气意六者，谬心也。恶欲喜怒哀乐六者，累德也。去就取与知能六者，塞道也。此四六者不荡，胸中则正，正则静，静则明，明则虚，虚则无为而无不为也。

——《庄子·庚桑楚》

◎以道观之，何贵何贱，是谓反衍；无拘而志，与道大蹇。何少何多，是谓谢施；无一而行，与道参差。严严乎若国之有君，其无私德；繇繇乎若祭之有社，其无私福；泛泛乎其若四方之无穷，其无所畛域。兼怀万物，其孰承翼？是谓无方。

——《庄子·秋水》

◎天无私覆也，地无私载也，日月无私烛也，四时无私行也。行其德而万物得遂长焉。

——《吕氏春秋·孟春纪》

学生在课堂上讲述自己的家乡文化，教师逐个点评。

学生可以采用个体、群体、分角色、配乐、情景剧等形式进行讲述，教师根据表1-1所示评分标准为学生打分。

表 1−1 讲说"家乡文化"评分标准

评价项目	评价要点	分值	得分
主题内容	1. 思想内容能紧紧围绕主题，观点正确、鲜明，见解独到，内容充实具体，生动感人	20 分	
	2. 材料真实、典型，实例生动	10 分	
	3. 讲说结构严谨，构思巧妙，引人入胜	10 分	
	4. 文字简练流畅，具有较强的思想性	5 分	
语言表达	1. 讲说者语言规范，吐字清晰，声音洪亮圆润	10 分	
	2. 讲说表达准确、流畅、自然	10 分	
	3. 语言技巧处理得当，语速恰当，语气、语调、音量、节奏张弛符合思想感情的起伏变化	15 分	
形象风度	讲者说精神饱满，能较好地运用姿态、动作、手势、表情	10 分	
综合效果	讲说者着装朴素端庄大方，举止自然得体，有风度	10 分	
总分			

项目二 "心灵对话"课本剧编写与表演

——演单元（学表演）

【主要内容】

（1）撰写"青玉案"课本剧剧本。

（2）课本剧表演。

（3）拍摄课本剧视频。

【时长】

6 次课

【实施步骤】

1. 品味诗文古典美

《青玉案》《钗头凤》《上邪》《雨巷》《陶渊明诗二首》。

2. 知识拓展

表演的基本知识。

3. 学练与展示

（1）编写脚本。

（2）展演。

（3）拍摄视频。

（4）以小组为单位展演。

4. 评比与打分

按照评分标准打分。

【推荐书目】

中国经典话剧剧本：

郭沫若《屈原》，田汉《名优之死》，老舍《茶馆》《龙须沟》

夏衍《上海屋檐下》，曹禺《雷雨》《日出》《原野》

贺敬之、丁毅《白毛女》，宗福先《于无声处》

沙叶新《寻找男子汉》《假如我是真的》

选 文 一

[学习目标]

1. 素质目标

（1）学会正视现实，学会树立梦想（立志）。

（2）体味对美好事物（凌波仙子）的个性寄托与想象。

2. 知识目标

（1）了解宋词的基本分类及特征。

（2）体味"愁"的连比效果。

3. 能力目标

（1）借助网络收集相关的"喻愁"诗句。

（2）学会示范性朗诵。

（3）写出以"凌波仙子"命题的感悟性短文。

青玉案[1]

贺 铸

凌波不过横塘路[2]，但[3]目送、芳尘去。锦瑟华年[4]谁与度？月桥花院[5]，琐窗[6]朱户，只有春知处。

飞云冉冉蘅皋[7]暮，彩笔新题断肠句[8]。试问闲愁都几许？一川烟草，满城风絮，梅子黄时雨[9]。

[注释]

[1] 青玉案：即《横塘路》，宋人常用的词调。作者退居苏州不久因看见一个女子，生了倾慕之情，便写了本词。事件并不新奇，也无大意义，却写得美妙动人，遂成名篇佳句。

[2] 凌波：出自曹植《洛神赋》："凌波微步，罗袜生尘。"后来用来形容女子走路轻巧的样子。横塘：是作者修建的隐居之所，在苏州城外。

[3] 但：只能够。

[4] 锦瑟华年：出自李商隐的诗"锦瑟无端五十弦，一弦一柱思华年"，后特指美好的青春年华。

[5] 月桥花院：有"月台花榭"之版本。

[6] 琐窗：雕有花纹的窗子。

[7] 蘅皋：生长着香草的水边。此句暗合江淹名句"日暮碧云合，佳人殊未来。"蘅，一种香草。皋，低湿之地。

[8] 彩笔：用南朝时代江淹的典故，相传江淹有一天梦见一个神仙给了他一支五彩笔，他的诗赋就都写得很好了。后来又梦见神仙收回了五彩笔，他的诗就写不好了。这里用彩笔比喻才情富艳。

[9] "一川"三句：一川，满地。梅子黄时雨，江南四五月间细雨连绵，时正值梅子成熟时，故俗称梅雨。连用水道边满地的青草、满城随风飘动的柳絮、梅子黄时满天的雨来写闲愁，状写愁绪之多，化无形为有形，比喻新奇。贺铸因为此词得名"贺梅子"。

选 文 二

[学习目标]

1. 素质目标

（1）学会关注爱情，把握爱情，经营爱情；

（2）确立正确的爱情观。

2. 知识目标

（1）了解陆游的生平及词作的基本风格；

（2）探究陆游与唐婉的爱情悲剧产生的原因。

3. 能力目标

（1）选取关键词语，体味写作视角；

（2）对比两首《钗头凤》，体味12个单字表达主旨的作用；

（3）朗诵全词；

（4）撰写揭示陆游与唐婉爱情悲剧原因的短文。

钗头凤[1]

陆 游

红酥手，黄縢酒[2]，满城春色宫墙柳。东风恶，欢情薄。一怀愁绪，几年离索[3]。错、错、错。

春如旧，人空瘦，泪痕红浥鲛绡透[4]。桃花落，闲池阁。山盟虽在，锦书难托。莫、莫、莫！

[注释]

[1]《钗头凤》词调是根据五代无名氏《撷芳词》改易而成。因《撷芳词》中原有"都如梦，何曾共，可怜孤似钗头凤"之句，故取名《钗头凤》。陆游用"钗头凤"这一调名大约有两方面的用意：一是指自与唐氏忧离之后"可怜孤似钗头凤"；二是指忧离之前的往事"都如梦"一样地倏然而逝，未能白首偕老。

该词是陆游为表妹唐婉而作。陆游与表妹唐婉本为恩爱夫妻，感情甚笃。但因陆母不喜欢唐婉，终被迫休离。后二人各自婚娶。10年后的一个春日，陆游独游沈园与唐婉邂逅。唐婉以酒肴款待，陆游感伤万分，惆怅不已，随即在园壁上题下此词。

词中记述了与唐氏的这次相遇，表达了他们眷恋之深和相思之切，也抒发了词人怨恨愁苦而难以言状的凄楚心情。

［2］黄縢（téng）酒：用黄纸封坛口的酒。

［3］离索：离散而独处。

［4］浥（yì）：沾湿。鲛绡（jiāo xiāo）：相传为鲛人所织的绡，极薄，后泛指质量很好的薄纱，此处指丝帕。

齐东野语·卷一

周　密

陆务观初娶唐氏，闳之女也，于其母夫人为姑侄。伉俪相得而弗获于其姑，既出而未忍绝之，则为别馆时时往焉。姑知而掩之，虽先知挈去，然事不得隐，竟绝之，亦人伦之变也。唐后改适同郡宗子士程。尝以春日出游，相遇于禹迹寺南之沈氏园。唐以语赵，遣致酒肴。翁怅然久之，为赋《钗头凤》一词，题园壁间……实绍兴乙亥（1155）岁也。

翁居鉴湖之三山，晚岁每入城，必登寺眺望，不能胜情，尝赋二绝云："梦断香销四十年，沈园柳老不飞绵。此身行作稽山土，犹吊遗踪一怅然。"又云："城上斜阳画角哀，沈园无复旧池台。伤心桥下春波绿，曾是惊鸿照影来。"盖庆元己未（1199）岁也。

未久，唐氏死。至绍兴壬子（1192）岁，复有诗序云："禹迹寺南，有沈氏小园。四十年前，尝题小词一阕壁间。偶复一到，而园已三易主，读之怅然。"诗云："枫叶初丹槲叶黄，河阳愁鬓怯新霜。林亭感旧空回首，泉路凭谁说断肠？坏壁醉题尘漠漠，断云幽梦事茫茫！年来妄念消除尽，回向蒲龛一炷香。"（案：此段应在"翁居鉴湖"一段前，当系传刻之误）

又至开禧乙丑（1205）岁暮，夜梦游沈氏园，又两绝句云："路近城南已怕行，沈家园里更伤情。香穿客袖梅花在，绿蘸寺桥春水生。""城南小陌又逢春，只见梅花不见人。玉骨久成泉下土，墨痕犹锁壁间尘。"沈园后属许氏，又为汪之道宅云。

钗头凤

唐 婉

世情薄，人情恶，雨送黄昏花易落。晓风干，泪痕残。欲笺心事，独语斜阑。难、难、难！

人成各，今非昨，病魂常似秋千索。角声寒，夜阑珊。怕人寻问，咽泪装欢。瞒、瞒、瞒！

选 文 三

[学习目标]

1. 素质目标

（1）学会在成长中确立目标，坚定信心。

（2）树立专一的爱情观。

2. 知识目标

（1）了解乐府的基本知识。

（2）掌握爱情盟誓的语言特征。

3. 能力目标

（1）体会《上邪》的语气节奏。

（2）学会誓词朗诵的技巧，朗读出誓词的情绪变化。

（3）能够背诵默写全诗。

上　邪[1]

汉乐府

上邪[2]！我欲与君相知[3]，

长命无绝衰[4]。

山无陵，江水为竭，

冬雷震震，夏雨雪，

天地合，乃敢与君绝[5]！

[注释]

[1] 本篇是汉乐府《绕歌》中的一首情歌，是一位痴情女子对恋人的热烈表白，在艺术上很见匠心。诗的主人公呼天为誓，直率地表示了"与君相知，长命无绝衰"的愿望之后，转而从"与君绝"的角度落墨，推出了五个不可能出现"与君绝"的景象，这种独特的抒情方式准确地表达了热恋中人特有的绝对化心理。深情奇想，确实是"短章之神品"。

[2] 上：指天。邪（yé）：语气词，通"耶"。这句是指天为誓。

[3] 相知：相亲相爱。

[4] 长：永远。命：令、使。绝衰：断绝，衰减。

[5] "山无"六句：除非高山变平地、江水流干、冬雷、夏雪、天地合并，一切不可能发生的事都发生了，我才会和你断绝。雨（yù），做动词用，下。

选 文 四

[学习目标]

1. 素质目标

（1）学会坚守，坚守是成长的基石。

（2）学会表达，学会在哀愁中表达深层情绪。

2. 知识目标

（1）选择词语，厘清文章情绪变化的脉络。

（2）掌握《雨巷》的语言特征。

3. 能力目标

（1）选择出六个象，找准其中精准的意。

（2）学会在当时的历史语境中分析诗篇。

（3）学会示范性地领读与充满情感地朗读。

雨　巷[1]

戴望舒

撑着油纸伞，独自

彷徨在悠长、悠长

又寂寥的雨巷

我希望逢着

一个丁香一样的

结着愁怨的姑娘

她是有

丁香一样的颜色

丁香一样的芬芳

丁香一样的忧愁

在雨中哀怨

哀怨又彷徨

她彷徨在这寂寥的雨巷

撑着油纸伞

像我一样

像我一样地

默默彳亍[2]着

冷漠、凄清，又惆怅

她静默地走近

走近，又投出

太息一般的眼光

她飘过

像梦一般的

像梦一般的凄婉迷茫

像梦中飘过

一枝丁香地

我身旁飘过这女郎

她静默地远了、远了

到了颓圮[3]的篱墙

走尽这雨巷

在雨的哀曲里

消了她的颜色

散了她的芬芳

消散了，甚至她的

太息般的眼光

丁香般的惆怅

撑着油纸伞，独自

彷徨在悠长、悠长

又寂寥的雨巷

我希望飘过

一个丁香一样的

结着愁怨的姑娘

[注释]

[1]《雨巷》是戴望舒早期的成名作和代表作。诗歌发表后产生了较大影响，诗人也因此被人称为"雨巷诗人"。

《雨巷》写于1927年夏天，这是中国历史上一个最黑暗的时代。反动派对革命者的血腥屠杀，造成了笼罩全国的白色恐怖。原来热烈响应革命的青年，一下子从火的高潮堕入了夜的深渊。他们中的一部分人，找不到革命的前途。他们在痛苦中陷于彷徨迷惘，他们在失望中渴求着新的希望的出现，在阴霾中盼望飘起绚丽的彩虹。《雨巷》就是一部分进步青年这种心境的反映。该诗最初发表在 1928 年 8 月出版的《小说月报》第 19 卷第 8 号上，戴望舒写这首诗的时候只有 22 岁。

诗歌描绘了一幅梅雨时节江南小巷的阴沉图景，借此构成了一个富有浓重象征色彩的抒情意境。在艺术上，本诗既采用了象征派重暗示、重象征的手法，又有格律派对于音乐美的追求。全诗还回荡着一种流畅的节奏和旋律，重叠反复手法的运用也强化了音乐效果。正如叶圣陶所说，《雨巷》是"替新诗的音节开了一个新的纪元"。

[2] 彳亍（chì chù）：小步慢走或时走时停的样子。

[3] 颓圮（pǐ）：毁坏、倒塌。

选 文 五

[学习目标]

1. 素质目标

（1）学会关照内心，正视现实。

（2）学会叩问心灵，寻找心灵寄放地。

2. 知识目标

（1）了解陶渊明的田园情怀。

（2）理解"南山"与"心灵"的关联。

3. 能力目标

（1）挑选意象，思考意象。

（2）写出以"心灵寄放"为主题的感悟性短文。

（3）能够背诵默写全诗。

陶渊明诗二首

饮酒·其五

陶渊明

结庐[1]在人境，而无车马喧[2]。

问君[3]何能尔[4]？心远地自偏。

采菊东篱下，悠然[5]见[6]南山[7]。

山气日夕[8]佳，飞鸟相与还[9]。

此中有真意，欲辨已忘言。

[注释]

[1] 结庐：建造住宅，这里是居住的意思。

[2] 车马喧：指世俗交往的喧扰。

[3] 君：指作者自己。

[4] 何能尔：为什么能这样。尔，如此、这样。

[5] 悠然：自得的样子。

[6] 见（xiàn）：通"现"，出现，动词。

[7] 南山：泛指山峰，一说指庐山。

[8] 日夕：傍晚。

[9] 相与还：结伴而归。相与，相交，结伴。

归园田居[1]·其二

野外罕人事[2]，穷巷寡轮鞅[3]。

白日掩荆扉[4]，虚室绝尘想[5]。

时复墟里人[6]，披草[7]共来往。

相见无杂言[8]，但道桑麻长。

桑麻日已长，我土日已广。

常恐霜霰[9]至，零落同草莽[10]。

[注释]

[1]《归园田居》组诗共五首，作于陶渊明辞官后的次年，分别从辞官、居闲、农事、访旧、夜饮几个侧面描绘他彻底摒弃仕宦、归隐乡野的自由愉快心情和"躬耕自资"的乡居生活，表现了人与自然的同一、和谐。"少无适俗韵，性本爱丘山"是其一，本诗为其二，写田园生活的清静、淳朴和忧虑。此处选用逯立辑校的《先秦汉魏晋南北朝诗》晋诗卷十七，中华书局1983年版。

[2] 人事：指与俗人结交往来的事。陶诗中"人事""人境"都有贬义，"人事"即"俗事"，"人境"即"尘世"。

[3] 穷巷：偏僻的陋巷。轮鞅：代指车马。鞅，驾车时用以套住马颈的皮带。

[4] 荆扉：柴门。

[5] 绝尘想：断绝尘俗之念。

[6] 墟里人：村里人。

[7] 披：拨开。

[8] 杂言：尘杂之言，指仕宦求禄等言论。

[9] 霰（xiàn）：小雪粒。

[10] 莽：草丛。

相关链接

表演的基本知识

表演是一门高深的艺术，要做到演什么像什么不仅仅需要专业的表演学习，更需要长久的经验积累，对表演感兴趣的学生，可以关注以下关于表演技巧的基础训练。

一、消除紧张与松弛肌体

演员在开始表演之前，必须使肌肉处于适当状态，一种松弛状态才能产生正常的思维，逐步获得正确的体验，做到鲜明地表达出角色的内心生活，使内在的情感自由地流露到外面来。也就是说，多余的紧张不可能获得创作的自由。

二、无实物表演

纠正初学表演的人容易紧张过火、缺乏信念、注意力不集中、想象力不丰富等问题，首先进行无实物练习和简单动作练习。为什么要进行无实物练习？进行实物练习时许多行动都是本能的，根据生活的机械性自然而然一晃而过。无实物行动的练习就是另一种情况，你得把注意力集中在大的行动中，在每一个最小的组成部分上，没有实物就会促使你更加细致、更加深入地注意形体行动的性质。

三、有目的、有任务的动作

戏剧动作有三要素，如果仅仅只是为动作本身而动作，不可能成为艺术，不符合生活的真实。而有目的、有任务的动作才是戏剧中需要的艺术的动作，也合乎生活的真实性。

四、有生活情趣及艺术想象的动作

（1）动作要组织得真实、准确、细腻，并有生活的依据；

（2）要逐步发展、丰富规定情境及事件、冲突；

（3）要展开艺术想象，有一定生活情趣及可看性。

五、有感觉的表演

感觉表演练习包括人的听觉、味觉、嗅觉、肤觉等，在表演创作中有感觉没感觉是表演优劣、深浅的重要标志。只有掌握好了外部的感觉，才能逐步深入地掌握内部的生理感觉、心理感觉、微妙的情绪感觉和情感感觉。

学生根据编写的课本剧脚本排练舞台剧，并拍摄视频，以小组为单位在舞台上进行展演。

如表 2–1 所示，分三个等次评分。第一等次 85～92 分；第二等次 75～85 分；第三等次 65～75 分。在自评、互评、组长评的基础上给学生分数，但教师要及时跟踪学生的活动过程，保证给出准确、客观、公正的分数。综合评价见表 2–2。

表 2-1 评分等次

评分等次	分值
主要执笔人、导演、艺术总监、项目组长、摄影师	85~92 分
男 1 号、女 1 号、场记、总后勤	75~85 分
其余人员	65~75 分

表 2-2 综合评价

班级：　　　　　　　　　　时间：

学号	姓名	课堂评价（50分）			课余评价（50分）					备注
					日常行为		实践活动			
		学生自评（5分）	小组互评（20分）	教师点评（25分）	学生自评（5分）	辅导员点评（10分）	学生自评（5分）	教师点评（10分）	活动方（企业）评价（20分）	

项目三 "经典再现"课本剧编写与表演

——演单元（学表演）

【主要内容】

①撰写"渔父"课本剧剧本。

②课本剧表演。

③拍摄课本剧视频。

【时长】

6 次课

【实施步骤】

1. 品味诗文古典美

《渔父》《短歌行》《中国神话三篇》《月下独酌》

2. 知识拓展

如何编写课本剧。

3. 学练与展示

（1）编写脚本。

（2）展演。

（3）拍摄视频。

（4）以小组为单位展演。

4. 评比与打分

按照评分标准打分。

【推荐书目】

外国经典话剧剧本：

莎士比亚《哈姆雷特》《威尼斯商人》，莫里哀《伪君子》

果戈理《钦差大臣》，易卜生《玩偶之家》

萨缪尔·贝克特《等待戈多》，萨特《苍蝇》

尤金·尤内斯库《犀牛》《秃头歌女》

选 文 一

[学习目标]

1. 素质目标

（1）理解屈原"宁为玉碎，不为瓦全"的选择。

（2）学会在理想与现实矛盾冲突中，把握好自己的人生目标。

2. 知识目标

（1）了解屈原孤傲不群的品格。

（2）掌握"举世皆浊我独清，众人皆醉我独醒"格言的内蕴。

3. 能力目标

（1）学会分角色朗读。

（2）写出以"选择"为主题的感悟性短文章。

（3）能够背诵默写全诗。

渔 父[1]

屈 原

屈原既放[2]，游于江潭，行吟泽畔，颜色憔悴，形容枯槁。渔父见而问之曰："子非三闾大夫[3]与？何故至于斯[4]？"屈原曰："举世皆浊我独清，众人皆醉我独醒，是以见放。"渔父曰："圣人不凝滞于物，而能与世推移。世人皆浊，何不淈[5]其泥而扬其波？众人皆醉，何不铺其糟而歠其醨[6]？何故深思高举，自令放为[7]？"

屈原曰："吾闻之，新沐[8]者必弹冠，新浴[9]者必振衣。安能以身之察察，受物之汶汶者乎[10]？宁赴[11]湘流，葬于江鱼之腹中。安能以皓皓之白，而蒙世俗之尘埃乎？"渔父莞尔而笑，鼓枻[12]而去。歌曰："沧浪之水清兮，可以濯[13]吾缨；沧浪之水浊兮，可以濯吾足。"遂去，不复与言。

[注释]

[1] 这篇文章古人多相信是屈原所作，而今人有的认为作者并非屈原本人。但无论论它的作者是不是屈原，其内容与屈原的思想和经历都有非常密切的关系，对于了解、认识屈原有重要的意义。而它所表现的两种不同的价值观激发了人们的思考。

本文通过渔父和屈原两个形象，生动地展现了屈原在命运遭受挫折时内心的矛盾冲突，凸显了两种不同的人生态度——一种顺应时势，全身远害；一种坚守信念，宁为玉碎。作者不予评判，让读者在自己的思索中感悟。本文句式灵活，以散句为主，穿插了对仗的句子，还杂有楚辞体句式，读起来朗朗上口。渔父（fǔ）：父，对老年人的尊称。

[2] 放：放逐，流放。

[3] 三闾大夫：战国时期楚国的官职，主管楚国屈、景、昭三姓王族的事务。

[4] 斯：指示代词，这。

[5] 淈（gǔ）：搅浑。

[6] 铺（bū）其糟而歠（chuò）其醨（lí）：铺，食。糟，酒渣。歠，通"啜"，饮。醨，薄酒。

[7] 为（wèi）：句末语气词。

[8] 沐：洗头。

[9] 浴：洗澡。

[10] 安能以身之察察，受物之汶汶者乎：察察，清晰的样子，此处指清洁。汶汶（mén），不明的样子，这里指污秽。意为：怎么能让纯洁的身（心），被外物污秽（所沾染）呢？

[11] 赴：投入。

[12] 鼓枻（yì）：敲打船桨。枻，船桨。

[13] 濯：洗涤。

选 文 二

[学习目标]

1. 素质目标

(1) 具备礼贤下士的胸襟和意识。

(2) 学会多角度认识历史人物。

2. 知识目标

(1) 感知曹操的政治理想和"求贤"心境。

(2) 体味曹操的诗风特征。

3. 能力目标

(1) 寻找有关礼贤下士的词语。

(2) 能够背诵默写全诗。

短 歌 行

曹 操

对酒当歌[1]，人生几何[2]！

譬如朝露，去日苦多[3]。

慨当以慷[4]，忧思难忘。

何以解忧？唯有杜康[5]。

青青子衿，悠悠我心[6]。

但为君故，沉吟[7]至今。

呦呦鹿鸣，食野之苹。

我有嘉宾，鼓瑟吹笙[8]。

明明如月，何时可掇[9]？

忧从中来，不可断绝。

越陌度阡[10]，枉用相存[11]。

契阔谈讌[12]，心念旧恩。

月明星稀，乌鹊南飞。

绕树三匝[13]，何枝可依？

山不厌高，海不厌深[14]。

周公吐哺，天下归心。

[注释]

[1] 对酒当歌：一边喝着酒，一边唱着歌。当，是对着的意思。

[2] 几何：多少。

[3] 去日苦多：跟（朝露）相比一样痛苦却漫长。有慨叹人生短暂之意。

[4] 慨当以慷：指宴会上的歌声激昂慷慨。当以，这里是"应当用"的意思。全句意思是，应当用激昂慷慨（的方式来唱歌）。

[5] 杜康：相传是最早造酒的人，这里代指酒。

[6] 青青子衿（jīn），悠悠我心：出自《诗经·郑风·子衿》。原写姑娘思念情人，这里用来比喻渴望得到有才学的人。子，对对方的尊称。衿，古式的衣领。青衿，是周代读书人的服装，这里指代有学识的人。悠悠，长久的样子，形容思虑连绵不断。

[7] 沉吟：原指小声叨念和思索，这里指对贤人的思念和倾慕。

[8] 呦（yōu）呦鹿鸣，食野之苹。我有嘉宾，鼓瑟吹笙（shēng）：出自《诗经·小雅·鹿鸣》。呦呦，鹿叫的声音。苹，艾蒿。鼓，弹。

[9] 何时可掇（duō）：什么时候可以摘取呢？掇，拾取，摘取。另解：掇读 chuò，为通假字，掇，通"辍"，即停止的意思。何时可掇，意思就是什么时候可以停止呢？

[10] 越陌度阡：穿过纵横交错的小路。陌，东西向田间小路。阡，南北向的小路。

[11] 枉用相存：屈驾来访。枉，这里是"枉驾"的意思；用，以。存，问候，思念。

[12] 讌（yàn）：通"宴"。

[13] 三匝(zā)：三周。匝，周，圈。

[14] 海不厌深：一本作"水不厌深"。这里是借用《管子·形解》中的话，原文是："海不辞水，故能成其大；山不辞土，故能成其高；明主不厌人，故能成其众……"意思是表示希望尽可能多地接纳人才。

选 文 三

[学习目标]

1. 素质目标

（1）学习意志坚定、矢志不渝的精卫精神，学习忠义、耿直、永不言败的刑天精神，学习牺牲自己、拯救百姓的鲧禹精神。

（2）具有家国情怀，具有担当意识。

2. 知识目标

（1）了解《山海经》的基本内容和成书过程。

（2）掌握三篇神话的基本内容。

3. 能力目标

（1）简述鲧、禹、精卫、刑天的形象特征。

（2）归纳出三篇神话共同的主旨。

（3）背诵默写全文。

中国神话三篇

鲧禹治水[1]

洪水滔天，鲧窃帝之息壤以堙洪水[2]，不待帝命[3]。帝令祝融杀鲧于羽郊[4]。鲧复生禹，帝乃命禹卒布土以定九州[5]。

[注释]

[1] 本篇选自《山海经·海内经》，题目系编者加。关于鲧禹治水的神话，在《山海

经》中的《海外北经》《大荒北经》以及《楚辞·天问》《国语》《吕氏春秋》《汉书》等典籍中都有零星记载,可见这个神话必定有生动丰富的斗争内容。鲧禹治水神话是以上古发生过大水灾、人类与洪水进行搏斗并取得最后胜利作为现实生活基础而产生的。鲧禹父子都是人民热情歌颂的治水英雄的代表。鲧的失败孕育了禹的胜利,失败是成功之母。这反映了劳动人民对自然规律的新认识,他们是善于总结治水斗争的经验教训的。鲧(gǔn):人名,禹的父亲。

[2] 息壤:据说是天帝的神土,能不断生长,因而能堵塞洪水。堙(yīn):堵塞,填塞。

[3] "不待"句:没有得到天帝的命令。

[4] 祝融:火神的名字。羽郊:羽山的近郊。

[5] "鲧复生禹"二句:鲧腹中生下禹,天帝就命令禹平定了九州。复,同"腹"。据郭璞注曰:"鲧死三岁不腐,剖之以吴刀,化为黄龙也。"卒,最后,终于。布,同"敷",铺填。传说禹吸取鲧治水不得法的教训,改用疏导的方法,终于制服了洪水。九州,古代中国划分的九个地区:冀州、兖州、青州、徐州、扬州、荆州、豫州、梁州、雍州。

精卫填海[1]

发鸠之山[2],其上多柘木[3],有鸟焉[4],其状如乌,文首[5],白喙[6],赤足,名曰"精卫",其鸣自詨[7]。是炎帝之少女,名曰女娃。女娃游于东海,溺而不返,故为精卫。常衔西山之木石,以堙于东海。

[注释]

[1] 本篇选自《山海经·北山经》,题目系编者加。它是滨海部落的人民在和大海进行的英勇斗争中产生的。这则神话刻画了英勇顽强的精卫的形象,反映了远古人民征服水患的强烈愿望和百折不挠的斗争精神,构思新奇,想象美妙,所塑造的精卫形象,从外貌到精神,都给人以美丽、崇高的美学感受。精卫与东海强烈的大小对比,把少女的精神境界和思想品质衬托得更加光彩动人。

[2] 发鸠之山:即发鸠山,旧说在今山西省长子县西。

[3] 柘(zhè)木:柘树,桑树的一种。

[4] 焉:兼词,在那里。

[5] 文首:头上有花纹。文,通"纹"。

[6] 喙（huì）：鸟嘴。

[7] 其鸣自詨（xiào）：它的叫声好像是在呼唤自己的名字。詨，呼叫。

刑天舞干戚[1]

刑天与天帝[2]争神，帝断其首，葬于常羊之山[3]。乃以乳为目，以脐为口，操干戚以舞。

[注释]

[1] 本篇选自《山海经·海外西经》，题目系编者加。根据《山海经》的记载，刑天是炎帝的战将，武艺高强，勇猛善战。在炎黄二帝战争中贡献很大。刑天与黄帝的争斗，乃是炎黄战斗的延续。黄帝打败炎帝，炎帝退到南方。但炎帝的部下不甘心失败，刑天发誓要与黄帝继续决战。刑天部落虽然失败，但他们那种不屈不挠的战斗精神，常为后人称颂。晋代大诗人陶渊明用"刑天舞干戚，猛志固常在"的诗句，来盛赞这位断头英雄，实是对刑天部落顽强抗争精神的钦佩。刑天，亦作"邢天""形天"。干，就是盾。戚，一种斧。

[2] 天帝：即黄帝。

[3] 常羊之山：即常羊山，为炎帝诞生之地。葬首常羊，亦还其故处之意。

选 文 四

[学习目标]

1. 素质目标

（1）体味诗歌中寄托的诗人正直情感。

（2）具有乐观的情怀。

2. 知识目标

（1）理解"月""影""我"三者的关系，品味诗人复杂的情感。

（2）学会乐景与悲情相融合的艺术手法。

3. 能力目标

（1）情感性朗诵全文。

（2）学会用独白方式表达情感。

月下独酌[1]

李 白

花间[2]一壶酒,独酌无相亲[3]。

举杯邀明月,对影成三人[4]。

月既不解饮[5],影徒[6]随我身。

暂伴月将[7]影,行乐须及春[8]。

我歌月徘徊[9],我舞影零乱[10]。

醒时同交欢[11],醉后各分散。

永结无情游[12],相期邈云汉[13]。

[注释]

[1]独酌:一个人饮酒。

[2]间:一作"下",一作"前"。

[3]无相亲:没有亲近的人。

[4]"举杯"二句:我举起酒杯招引明月共饮,明月和我以及我的影子恰恰合成三人。一说月下人影、酒中人影和我为三人。

[5]既:已经。不解:不懂,不理解。三国魏嵇康《琴赋》:"推其所由,似元不解音声。"

[6]徒:徒然,白白地。

[7]将:和,共。

[8]及春:趁着春光明媚之时。

[9]月徘徊:明月随我来回移动。

[10]影零乱:因起舞而身影纷乱。

[11]同交欢:一起欢乐。一作"相交欢"。

[12]无情游:月、影没有知觉,不懂感情,李白与之结交,故称"无情游"。

[13]相期邈(miǎo)云汉:约定在天上相见。期,约会。邈,遥远。云汉,银河。这里指遥天仙境。"邈云汉"一作"碧岩畔"。

相关链接

如何编写课本剧

张 利

戏剧是一种综合性的舞台艺术,剧本是舞台演出的依据和基础。剧本是由编剧这一角色完成的,以提供导演拍摄为唯一目的,以动作和画面来呈现,是导演直接可以上手使用的最直接的脚本。课本剧则是依据教材篇目编写的练习性创作,是班级课本剧演出的直接脚本,应当具有剧本的一切性质,也必须满足于剧本的一切要求。

一、把握二者(剧本与课本)关系,兼顾各自特点

要想把课文中的诗文篇目改编为课本剧,首先要懂得剧本的特点,然后才能根据其特点编出符合要求的课本剧。被改编的课本篇目或为小说,或为散文,或为诗歌,与戏剧相差甚远,所以,必须厘清剧本与课本的关系。课本是剧本的基础,必须尊重课本,必须维护经典;剧本是课本的变体,必须体现剧本样态。

二、深入理解内蕴,鲜明表达态度

改编前要反复阅读原文,把握作品内蕴,理解作品主题,确立客观角度,形成鲜明态度。这个态度就是编写课本剧的人所持有的态度,并不一定完全等同于原有课本所呈现的主题。这个态度一旦确定,就不能有丝毫含糊,必须鲜明,必须得到贯彻。衡量课本剧成功与否的关键,是观众看完后,能不能具有与编剧一样的态度,或者说是否能完全明白编剧想要表达的思想和主题。

三、揣摩人物性格,把握矛盾冲突

如果说要只留下一个特点,让观众依然能够判断是戏剧形式,那么,这个特点就是矛盾冲突。因为,冲突就是"戏",冲突设计得好,戏就好往下演,没有

矛盾冲突就没有戏剧，矛盾冲突是戏剧能够成为戏剧的关键。剧本的矛盾冲突实质上归于角色冲突，包括角色和角色之间的冲突，角色和其自身价值观的冲突等。全剧必须围绕一个贯穿始终的冲突展开情节。要求冲突展开要早，开门见宝；冲突发展要绕，出人意料；冲突高潮要饱，扣人心窍；结束冲突要巧，别没完没了。每一次冲突较量就是一个情节段落，而每一个段落的内部又有着各自的启、承、转、合。一个一个的冲突集合成连贯的剧情，才能成为像样的剧作。如改编《祝福》时，将主要冲突设计在祥林嫂一心想摸祭器祭品而四叔等人却不允许这一冲突上，自然产生了牵一发而动全身的效果。

四、注意舞台局限，选择角度改编

戏剧要求集中反映尖锐突出的矛盾冲突，矛盾冲突又必须受剧本篇幅和舞台演出的时间和空间限制，因而选取适宜的角度显得非常关键。课本剧的角度应当从以下几个方面考虑：①最能表现人物性格的角度；②最能集中表现主要冲突的角度；③非常适合舞台表演的角度。如《雷雨》的角度就满足了以上三个要求。

五、根据作品容量，布局戏剧结构

常有的戏剧结构分三类。

（1）时空跨度较大的情节宜采用如《雷雨》《屈原》式的"闭锁型"结构，即打破原作的时空顺序，截取原作情节的一两个横断面重新组合，通过人物的对话进行穿插交代，隐约显露整个情节。如改编《祝福》就可以选取祥林嫂捐门槛前后的两个"祝福"片段，重新安排人物，通过四叔的嫌恶，柳妈的劝说恐吓，祥林嫂的独白及其他人物的对话来交代祥林嫂的一生。

（2）时空、人物相对集中的情节可采用《窦娥冤》式的"点线型"结构，即按原作情节的自然顺序展开，如《一碗阳春面》的改编就可以采用这种形式。

（3）人物众多、没有明显的主要人物或情节性不强的宜采用《茶馆》式的"群像展览型"结构，即选取某一环境或场面让众多人物粉墨登场，展示各自的性格。如改编《药》就可以采用这一形式。

当然也可以采用一种结构为主、三种结构结合的形式，如改编《林教头风雪山神庙》就可以这样。

六、精心设计语言，突出动作特性

剧本的语言包括台词和舞台说明两个方面。台词，就是剧中人物所说的话，包括对话、独白、旁白。独白是剧中人物独自抒发个人情感和愿望时说的话；旁白是剧中某个角色背着台上其他剧中人从旁侧对观众说的话。剧本主要是通过台词推动情节发展，表现人物性格。因此，台词语言要求能充分地表现人物的性格、身份和思想感情，要通俗自然、简练明确，要口语化，要适合舞台表演。舞台说明，又叫舞台提示，是剧本里的一些说明性文字，要求写得简练、扼要、明确。舞台说明包括剧中人物表，剧情发生的时间、地点、服装、道具、布景以及人物的表情、动作、上下场等。这些说明对刻画人物性格、推动情节发展，有一定的作用。这部分内容一般出现在每一幕（场）的开端、结尾和对话中间，一般装在括号（方括号或圆括号）里。

人物语言是剧本语言的重点，要符合人物身份、地位、文化修养，不可长篇大论，尤其要注意动作性，即语言要反映人物的动作、表情、心理变化，即使说话人没有相应的形体动作，观众读者也要能从中产生一种有动作的感觉。还要好念、上口。

七、依据剧本要求，编写课本剧文本

要编写出好的课本剧，一般要完成这样的基本步骤：故事梗概—分集提纲—剧情细化到每个场景——人物对话（动作、表情、心理活动、人物之间的关系等提示）。文本有以下基本要求：

（1）多采用直接白描的手法，杜绝过度的文采渲染，杜绝将其写成文字性读物。

（2）以场景（甚至镜头）来划分段落，在每段之首专用一行文字标明场次号或镜头号、场面发生的时间、地点等。

（3）明确从技术上规定拍摄的方法（比如注明特写、推、淡出之类），甚至详细到对其他演职人员（导、演、摄、美、录、服、化、道）也做出相应而具体的指示。

剧本（偏重于镜头的剧本）的写作格式如下：

第一场　地点　日或夜　内或外

A：（台词）

B：（台词）

八、编写课本剧的注意事项

1. 忌讳写成小说

剧本写作和小说写作是两样完全不同的事，要知道写剧本的目的是要用文字去表达一连串的画面，所以你要让看剧本的人见到文字而又能够实时联想到一幅图画，将他们带到画面的世界里。小说就不同了，其除了写出画面外，更包括抒情句子、修辞手法和角色内心世界的描述。这些在剧本里是不应有的。

2. 忌讳对白增多

剧本里不宜有太多的对话（除非是剧情的需要），否则整个故事会变得不连贯，缺乏动作，观众看起来就似听读剧本一样。要知道你现在要写的是戏剧语言，而不是文学语言。所以，一部优秀的戏剧剧本，对白越少，画面感就越强，冲击力就越大。

3. 忌讳故事太多枝节

很多人写剧本都写了太多枝节，在枝节中有很多的角色，穿插了很多的场，使故事变得复杂化，观众可能会看得不明白，不清楚作者想表达什么主题。试想如果在一幕戏剧中同时有十几个重要的角色，角色之间又有很多故事，那么观众在短短时间里就不能把每一个角色都记得那么清楚。

懂得了以上几个特点和要求，就可以试着学编课本剧了。

学生编写《渔夫》脚本,根据脚本排练舞台剧,并拍摄视频,以小组为单位表演舞台剧。

如表 3-1 所示,分三个等次评分。第一等次 85~92 分;第二等次 75~85 分;第三等次 65~75 分。在自评、互评、组长评的基础上给学生分数,但教师要及时跟踪学生的活动过程,保证给出准确、客观、公正的分数。综合评价见表 3-2。

表 3-1 评分等次

评分等次	分值
主要执笔人、导演、艺术总监、项目组长、摄影、合成等	85~92 分
男 1 号、女 1 号、场记、总后勤	75~85 分
其余人员	65~75 分

表 3-2 综合评价

班级:　　　　　　　　　时间:

学号	姓名	课堂评价(50分)			课余评价(50分)					备注
					日常行为		实践活动			
		学生自评(5分)	小组互评(20分)	教师点评(25分)	学生自评(5分)	辅导员点评(10分)	学生自评(5分)	教师点评(10分)	活动方(企业)评价(20分)	

项目四 "经典"诵读会

——读单元（学朗诵）

【主要内容】

经典诗文诵读会。

【时长】

2 次课

【实施步骤】

1. 朗诵的基本知识

朗诵艺术中的一般语言技巧。

2. 学练培训

3. 分组演练

4. 学练与展示

（1）班级平台诵读。

（2）以小组为单位展演——教师逐个点评纠正示范。

5. 评比与打分

按照评分标准打分。

[学习目标]

1. 素质目标

能够用诵读诗文的方式传承中华优秀文化。

2. 知识目标

(1) 能够掌握朗诵的基本知识。

(2) 能够掌握朗诵比赛的基本运行流程。

(3) 能够掌握朗诵比赛相关的着装、道具、灯光、音响、摄像等工作要求。

3. 能力目标

(1) 学会诵读中轻重音、节奏、停顿等技巧处理。

(2) 能够互评纠偏与示范。

(3) 学会朗诵队形的简单编排。

(4) 参与分组演练和班级平台诵读展示。

朗诵艺术中的一般语言技巧

牛凯波

一、什么是朗诵

朗诵是指清清楚楚地高声诵读,就是把文字作品转化为有声语言的创作活动。朗,即声音的清晰响亮;诵,即背诵。朗诵,就是用清晰响亮的声音,结合各种语言手段来完善地表达作品思想感情的一种语言艺术。朗诵是口语交际的一种重要形式。朗诵不仅可以提高阅读能力,增强艺术鉴赏,更为重要的是,通过朗诵,大则可以陶冶性情,开阔胸怀,文明言行,增强理解;小则可以有效地培养对语言词汇细致入微的体味能力,以及确立口语表述最佳形式的自我鉴别能力。因此,要想成为口语表述与交际的高手,就不能漠视朗诵。下面我们来介绍一些朗诵中需要掌握的语言技巧。

二、停连

停顿包括文法停顿、语法停顿、逻辑停顿、心理停顿、感情停顿。

连中带停法：运用停顿来突出重音，几乎每个主要的重音都离不开它。

（1）文法停顿：第一种按照行文的标点符号进行停顿，第二种是由文章结构决定的，这种停顿是为了表示文章的层次、段落、部分等所做的停顿。停顿是有思想、有内容的，并不是空的。

（2）语法停顿：由句子的语法结构构成停顿。

①某些介词前面或后面；

②方位后；

③动词后；

④某些连词前面或后面（因为、如果、和等）。

（3）逻辑停顿：一般较短，只相当于顿号所作的停顿。有强调性停顿，并列式停顿，呼应性停顿（有些词具有领属关系，比如是、想、要、有、像、如等，其后要停顿），领词、尾词停顿。

（4）心理停顿：是由心理情绪决定的，常有激发诱导的意味。达到的效果是"此时无声胜有声""虽无言，却有情；虽无声，却意无穷"。

（5）感情停顿：说话要有节奏，该快的时候快，该慢的时候慢，该起的时候起，这样有起伏、有快慢、有轻重，才形成了口语的乐感和悦耳动听，否则话语不感人，不动人。口语中有带规律性的变化，叫节奏，有了这个变化语言才生动，否则是呆板的。有位意大利的音乐家，他上台不是唱歌，而是把数字有节奏、有变化地从 1 数到 100，结果倾倒了所有的观众，甚至有的感动得流下了眼泪，可见节奏在生活中是多么重要。

另外，章节停顿＞段落停顿＞句群停顿＞句子停顿。

在人数较多或场合较大的地方讲话时，发音要轻松自然，处理好节奏、停顿，特别是起音要高低适度，控制好音量，充分利用共鸣器的共鸣作用，要运用"中气"的助力来说话，不能直着嗓子叫喊，否则，声带负担过重，会很快导致声带不堪重负，变得嘶哑，影响效果。出字是指声母和韵头（介音）的发音过程，立字是指韵腹（主要元音）的发音过程，归音是指音节发音的收尾（韵尾）过程。

三、重音

重音，就是在词和语句中读得比较重，扩大音域或延长声音，可突出文章的重点，表达自己的感情。重音是指那些在表情达意上起重要作用的字、词或短语，是在朗读时要加以强调的技巧。

一般来说，重音分为语法重音、强调重音两种，如能准确地把握诗歌作品的思想内涵和情感线索，使两种重音配合得适当匀称，能够收到很好的表达效果，再现诗歌的"文气"。

（一）语法重音

语法重音是按语言习惯自然重读的音节。在不表示什么特殊的思想和感情的情况下，根据语法结构的特点，把句子的某些部分重读的，叫语法重音。强调重音不受语法制约，它是根据语句所要表达的重点决定的，它受朗读者的意愿制约，在句子中的位置上不固定的感情停顿不受书面标点和句子语法关系的制约，完全是根据感情或心理的需要而做的停顿处理，它受感情支配，根据感情的需要决定停与不停。

（二）强调重音

有些句子或由于构造复杂，或由于表意曲折，或由于感情特殊，它的重音往往不能一下子确定，必须联系上下文，对它细加观察，进行认真推敲，尤其要把它放到特定的语言环境中加以考察，才能确定其重音，通常把这类重音又叫作强调重音（逻辑重音）。

强调重音与语法重音的区别是：强调重音可能与语法重音重叠，这时语法重音服从于强调重音，只要把音量再加强一些就行了。要把握好基调，必须深入分析、理解作品的思想内容，力求从作品的体裁、作品的主题、作品的结构、作品的语言，以及综合各种要素而形成的风格等方面入手，进行认真、充分和有效的解析，在此基础上，朗读者才能产生出真实的感情，鲜明的态度，产生出内在的、急于要表达的律动。

（三）气息的控制

（1）换气就是用气的过程，朗读的内容千变万化，就要采用不同的用气方法，补气和换气是一种朗诵技巧。依情取气，依照感情发展的变化采取不同的用气方法。

（2）补气的方式：偷气、抢气、就气。美妙的声音来自正确的呼吸，气息短，坐姿不正确会造成紧张。

四、轻声

轻声是四声之外的一种特别声调。在词语或句子里，有的音节常常失去原有的声调而读成又轻又短的调子，这种又轻又短的调子就是轻声。普通话的轻声都是从阴平、阳平、上声、去声四个声调变化而来。轻声作为一种变调的语音现象，一定体现在词语和句子中，因此，轻声音节的读音就不能独立存在。

轻声对某些词有区别词义的作用。如兄弟 xiōng di（指弟弟），兄弟 xiōng dì（指哥哥和弟弟）。

轻声对某些词有区别词义和词性的作用。如对头 duì tou（仇敌、对手，名词），对头 duì tóu（正确、合适，形容词）。

另外，还有一部分双音节词第二个音节习惯上都读轻声，并没有区别词义或词性的作用。如神气、商量、丈夫。

一个词语是否读轻声，大体上有以下规律可循：

（1）语气词"吧、吗、呢、啊"等读轻声。如行啊、好吧、去吗。

（2）助词"的、地、得、了、过、们"读轻声。如大的、写了、买得起。

（3）名词后缀"子、儿、头"等读轻声。如桌子、罐头、老头儿。

（4）方位词读轻声，如天上、家里。

（5）重叠式动词的末一个音节读轻声。如过来、过去、干起来。

（6）叠字名词读轻声，如哥哥、娃娃、猩猩。

（7）趋向动词读轻声。如过来、过去、干起来。

轻声音节的音色变化是不稳定的。语音训练中应该掌握已经固定下来的轻声现象，即字典、词典已经收入的，对于可读轻声也可不读轻声的音节一般不读轻声。

五、调值、调类、四声

调值就是声调高低升降的变化，也就是声调的实际读法。调类就是声调的分类，是根据声调的实际读法归纳出来的。有几种实际读法就有几种调类，也就是将相同调值的字归为一类。普通话有四种基本的调值，所以归纳为四个调类，即阴平、阳平、上声、去声，习惯上称为第一声、第二声、第三声、第四声，也称四声。声调符号要标在音节的主要元音上。按a、o、e、i、u、ü的顺序，i和u的顺序，i和u同时出现的韵母中调值需要标在最后一个元音上，给i标调值应先去i上的点，再标调值。普通话朗读是一门艺术，普通话语音训练是学好普通话的基础，调值到位是掌握普通话的关键。

普通话朗读，从"声调中心"论出发，强调普通话水平，不能让声调与声母、韵母"平起平坐"。

节奏：节奏是在一定思想感情起伏的支配下，呈现出的抑扬顿挫、轻重缓急的语音形式的循环往复。

基本要领：句首不同起，句尾不同落，句腰不同峰。

总之，现代诗歌诵读，具有很大程度的表演性。需要我们掌握一定的朗读技巧，投入真情，反复吟咏，方能读出诗歌的感染力，用诗歌特有的魅力打动读者。

学生根据学习的朗诵基本知识进行练习，教师对学生的轻中重音、节奏、停顿等技巧进行指导，并进行示范。

全班学生分成若干小组，各小组编排简单的朗诵队形进行演练。

各小组选择拟朗诵的诗文，在班级进行朗诵表演，教师逐个点评纠正示范。

教师根据表4-1所示评分标准进行打分。

表 4-1 诗歌朗诵活动评分标准

内容	标准	分值	得分
体态仪表	1. 衣着得体，服装与诗歌内容相协调； 2. 精神饱满，情绪与诗歌内容相协调； 3. 举止到位，姿态与诗歌内容相协调	20 分	
组织形式	1. 组织形式与诗歌内容协调，完整性好； 2. 形式新颖、灵活多样，整体效果好	20 分	
朗诵技巧、内容	1. 主题鲜明突出，人文气息浓厚； 2. 感情饱满真挚，表达自然流畅； 3. 音色柔美纯朴，情感表达温婉； 4. 吐字清晰标准，节奏韵律明显； 5. 朗诵声情并茂，古典韵味十足	60 分	
最后得分			

项目五 "经典誊写"编辑活动

——"写"单元（学编辑）

【主要内容】

（1）诗文书写合集（包括"文学自画像"写作）。

（2）"个性创作"合集（2~3本学生作品合集）。

【时长】

2次课

【实施步骤】

1. 普及编辑基本知识

刊物编辑流程。

2. 规范合集的排版要求

3. 学练与展示

4. 编辑成册

（1）诗文书写合集：序、文学自画像、后记等。

（2）"个性创作"合集（只针对文学特长学生）。

（3）每篇文章均有评语。

5. 要求

(1) 编委统管,分组落实,统一装订,序跋齐备。

(2) 收束前文,凝练成果;编辑成册,显性展示。

[学习目标]

1. 素质目标

能够以编辑诗文和习作的方式传承中华优秀文化。

2. 知识目标

(1) 能够了解编辑基本知识和基本流程。

(2) 能够掌握合集的基本规格与数据。

(3) 能够理解序、跋、后记等的作用。

3. 能力目标

(1) 能够编撰诗文书写合集。

(2) 能够编撰 1~2 本"个性创作"合集。

(3) 能够撰写合集的序、文学自画像、后记等文字。

(4) 能够成立编委,统一管理,将诗文统一装订,编辑成册。

刊物编辑流程

李 新

一、编辑风格

一份刊物编辑方针的决定,对刊物的风格影响甚大。

有以下需考虑的因素:

(1) 企业印象:可以真正表现刊物企业印象,在报纸为报头,杂志为封面。

(2) 发行宗旨:宗旨确定,等于赋予刊物一个使命,并作为编辑努力的方向。

（3）言论立场：公正、完整、正确、平衡。

（4）阅读对象：依据传达的信息内容，找寻读者。

（5）刊物性质：取决于阅读对象的层次及需求。

二、编辑流程

真正着手制作一份刊物，是将之付诸编辑流程。编辑流程掌控着刊物编辑的进度。

1. 召开编辑会议

（1）目的：让编辑群清楚正确地明了刊物编辑的范围和内容，在执行时，编辑能有共同遵循的方向，以维持编辑方针，统一风格。

（2）内容：详细说明刊物编辑作业的内容架构及程序，并拟定进度表及职责表，确实掌握刊物编辑的进度及分工合作的功效，以使刊物完成顺利，如刊物内容、出版日期、印刷方式、装订方式、发行份数、页数、纸张、版型等。

（3）出席人：总编辑、各专栏（专题）主题、文编、美编及相关单位。

2. 内容的分配

内容决定后，分配封面设计、各单元、专题、专栏所占的页数（或版数）和负责人，即落版。

3. 稿约

依内容进行原稿的委托，如征稿、约稿、专访、座谈会、专辑、文摘、简介、评论、书评、社论……依据刊物所设计的内容来进行邀稿。

4. 集稿

依稿约期限收件并进行入稿登记。

5. 原稿的处理及审稿

在稿件送排之前，仔细斟酌审视稿件，并做选稿、润稿、删除稿件的工作，如有不适用之稿件并做退稿或备份之处理。

6. 版面编排

排版应结合文编和美编的设计，重点有字数核计、版面分配（即页数、栏数的分配）、加适当图片、下标题等。

7. 发稿排版

了解排版公司之排版系统、字体多寡、字级点数，以利刊物排版品质的掌握。发稿排版时，需在原稿上详细注明内容或标题所要呈现之字体、字级、直排或横排及栏数（或几个字一排），以方便排版公司做出所要求的效果。

8. 校对

针对排版公司所输出之校对纸进行校对的工作，校对的内容为检视错字、字体、字级、文句等，通常为使内文正确无误，至少要有三次不同的编辑做校对的工作。在校对时，校对人员需进行校对日期登记及负责人签章，以示负责，完成之后将校对稿再送排版公司完成修改，重新输出完整无误的纸样，也就是清样。

9. 检查完稿

检视目录是否和内容的版面分配页数、说明一致，并注意跨页图片及图片效果的标示是否明确，图片的运用是否迎合内文，是否还有漏字等均是最后检视的工作。

10. 托印处理

将完稿交付印刷厂，并和印刷厂共同做完稿的检视、印刷的指示，确定无误后，由印刷厂进行制版、印刷的工作。为使刊物品质达到最佳，可要求印刷厂输出蓝图，检视蓝图无误后，即可付印、装订。

11. 出版

三、刊物内容

（一）刊物的文字构成

1. 刊物内容的重要性

刊物的主体是其内容，一本刊物若徒有漂亮的封面而无吸引人的内容，其必定提不起读者细阅或保存的兴趣，就如同人亮丽的容貌终究敌不过岁月的刻蚀，而遗留千古的必是其深刻、精实的内在。

2. 刊物内容的分类

刊物内容可分为文字、图片。文字：有专栏、专题、报道等文字撰述。图片：有摄影稿、图片、插画等。

3. 刊物文字形成的分类

（1）报道：对事件采取新闻性的报道（5W1H）和资料呈现的方法。其特点在于时效性、真实性，但由于时间限制，较不易去探索、深入问题的根本所在。

（2）评论：针对议题所做的冷静论断、洞察、反省、宣告，多为一种观念、思想的阐释。具有新闻性、影响性、娱乐性三种功能。可分为以下三类：

①社论：与时事密不可分，只在解释新闻、领导舆论、塑造公意。

②立论：搜集新知、建立新论或针对立场做评论。

③专论：学术性或知识性的专门研究报道。

（3）和上述报道、评论不同，专题和专辑可说是杂志编辑的主要舞台，其制作也是对编辑深具挑战性的一项工作。一般而言，专题就是将具有新闻性或影响性的议题，以不同的角度进行广泛而深入的探讨。

（4）专栏：是指以固定的位置与栏题，由特定作家所撰写的评论、漫画、幽默之作，往往散落在刊物内形成特定阅读区，固定的专栏往往会吸引读者长期的阅读。

（5）专辑：为某一特定的人、事、物做主题呈现的即谓之专辑。可以不定期的期刊出现或刊登在刊物的一部分页数，且可分做多个连续小单元，分期刊出。专辑的内容为特别报道，需有深入广阔的取材、洗练的文字、独到的见解、建设性的意见，才堪称成功的专辑。

（二）专题企划

1. 何谓企划

企划即先有创意，依据创意形成构想，再将构想转为具体可行的步骤。

2. 专题企划的重要性

一篇好的专题，必须仰赖一个成功的编辑企划，而当我们制定专题企划时，编辑需抱的态度是时时刻刻惦记着读者的想法并主动发掘读者未曾想到的问题，以唤起读者兴趣而加以阅读。故专题企划，除了将构思具体化成种种步骤外，更有提升内容深度、切合读者需要、引起读者兴趣并塑造刊物风格的用处。

3. 专题的意义

能发出大众传播以外的声音，给读者提供一个不受商业势力或利益团体影响的言论渠道。

（1）利用自己的刊物来报道社会中的活动与读者的意见。

（2）表达言论时，立场要保持中立、公正，切勿人云亦云。以校园刊物为例：

①提供系统的资料（资料本身最好具有中立性），提醒学生注意某些事实或问题，而帮助其自我探索与思考。

②代校园发言，为生活做见证：多数学生在理想及现实上有差距，而对社会、校园、自己有所反省，有所欲言。

4. 制作专题的方法

（1）选择题材。

①具有新闻性及影响范围广泛深刻的特性，是读者关心的或需要关心的。

②具有发展性。例如，中部某家饭店失火，由于消防设备不足，逃生通道缺乏，加上食客缺乏避难常识，以致遇难者甚多。此一火灾事件就比一空屋发生火灾具有发展性。如消防法规是否健全、执行公权力是否不彰、民众火灾避难常识是否足够、如何消弭此类悲剧……都是此主题的撰稿重点。

③专题制作的主题并不局限于事件，发掘新问题和提出问题核心也是重要一环。而这有赖于编辑发现问题的敏感度，使表面看来不大具新闻性的问题，可随着个人见解、探讨方向和处理方法不同而变成优秀的主题（敏感度的培养法，在于多阅读、多思考，时时怀疑，一有灵感想法，即使是片段的，也应马上记笔记，养成习惯）。

④展开主题：由于是专题报道，故主题必须详尽、明确，须具有足够说明该报道的资料，使读者明白，因此要先广泛地收集相关资料，以加强对事件的诉求力和说服力。

（2）进行方式。

①举行座谈会：决定主题后，可邀请作家、专家，或不同身份、立场的人选，就主题加以分析、研讨及评估，以做周详的规划，避免浮光掠影的报道。

②解剖探讨：将主题分为连续小单元，从不同角度、立场，去采访、调查、分析、探讨问题，形成连续系列效果。

四、杂志编辑实务

（一）版面

杂志的页面呈现的外貌。

1. 构成

（1）内文：整个杂志的主体。

（2）标题。

（3）作者姓名。

（4）页码：通常以阿拉伯数字表示。

（5）书眉：包括刊名、期数、出版日期、篇名等项，全列或选列皆可。

（6）线框与空白：加线、加框与空白处理。

（7）图片：配合正文，不可喧宾夺主。

2. 内页版面

内页是指封面、封面里、封底、封底里以外的页目而言，由版口（版心）和版边两部分构成。

（1）版口（Type Page）：排列文字的部分，其大小由开本大小、内文字数的大小以及字数多少所决定。

（2）版边（Margin）。

①上边：中文称"天"或顶边，英文称 Head（页首）。

②下边：中文称"地"或底边，英文称 Tail（页尾）。

③内边：英文称 Back（前边），即书背边。

④外边：英文称 Foreedge（前边），即开书边。

（3）书刊留边。

①中书：上边 > 开书边 > 下边 > 书背边。

②西书：下边 > 开书边 > 上边 > 书背边。

（二）版面设计（Layout）

版面设计指内页的布局和美工而言。

1. 杂志编辑程序

①字数核算。

②标题制作：包括标题的样式、字级、字体、所站的行数及列数等。

③内文分栏。

a. 适应阅读需要。

b. 使版面富于变化。

c. 减少篇幅。

④美工留白。

⑤图片配置。

⑥花边与线条的应用。

2. 杂志编排原则

(1) 内文设计。

①分栏形式有一栏式、二栏式、三栏式、四栏式（十六开本较少用）。

②分栏的多寡，须视内文的性质、篇幅及杂志的开数大小而定。原稿段落多，宜采用短栏（即二栏或三栏式）；开数大，分栏可多些。

③以完整为原则。一页排不下仍剩几行时，应找插图或美工，补成两页；或找小品文予以补白，以保证主文的完整。

(2) 标题制作。

①类别。

a. 主题（大题）：最重要的部分。主要用于提示文章内容。

b. 副题：重要性次于主题，补充大题不定的部分。

c. 子题：补充或说明主题。

d. 引题（眉题）：解释或说明消息来源或原因，是主题前的引言。

②类型：分直题、横题、横直题、叠字题、对角题、中心题等。

③加工变化：加框、反白、加栏线、上下花边、加引线、加空格及字体本身变化。

(3) 页码与页次的安排。

①页码。

a. 一般的页码可放置于地边左右角或中间，以显著清晰为主。

b. 特殊的页面可用暗码，不用显示，如图片、广告等。

②页次：中式左开，左为单页，右为双页；西式左开，左为双页，右为单页。

a. 单页的特性。

给人以结束感；具有独立性；适合单页的刊头运用。

b. 双页的特性。

具有连续感；适合跨页设计。

（4）作者名字。

①位置通常以靠文字或图案为原则。

②字体级数不宜大于24级（指缩版后的大小），以免有抬高作者之嫌。

③一本刊物中作者名字字体级数最好大小一样，尤以相邻的两页为然。

（5）图片配置。

（6）封面里设计：封面里及封面的反面。

①设计原则：不宜太复杂，一般都重图案而少文字，在印刷上也以单色调为主，尽量避免套色。

②设计方式。

a. 简劲的题字，训词。

b. 运用图案语言与简短文字（如诗、词、小品）的配合。

c. 跨连首页：其优点在于扩大版面，增加图案语言的设计范围。

d. 粗犷豪迈的气氛。不过在衔接上须把握得天衣无缝。

e. 编排目录。

f. 编排商业广告。

（7）页首设计：页首指内文的第一页。

①页首与封面里有相辅相成的作用，在编排上可以独立，也可并立。

②常见内容。

a. 辞意深雅的名言短句（或再配以似反白处理）。

b. 主标题字的框线。

c. 编前语。

e. 编辑组织名单。

f. 诗语。

g. 跨连封面里页的图案语言（可佐以特殊网线、砂目网以表现特殊效果）。

h. 师长的题字训词。

i. 商业广告。

（8）刊头设计。

①设计要点。

a. 要切题。

b. 要表现主旨。

c. 要清新美丽，不可怪异。

②设计技巧。

a. 文字排列。

b. 插图方式。

c. 应用线条装饰。

d. 连续性的图案语言。

e. 图案语言、切割等技巧的相互配合运用。

f. 全黑衬底配以字的反白，造成特殊效果。

g. 网线、网点的运用。

（9）专栏设计：系将稿件分类，编成各种不同的专栏。

①专栏制作，可在目录中加一专栏标题，内页不以标志分隔。

②可在各类文章前加一单页或双页的专栏刊头，并选择有关图片作为衬底。

③如要辟整页的专栏刊头，其所包括的文章篇数要具有足够分量，否则显得头大身轻，不如在文章标题上加个"眉题刊头"。

（10）花边与线条的应用：内文编排上下留出太多空白时，可用花边或线条美化版面。

应用方式如下：

①上下装饰。

②整页加框。

3. 杂志编排技巧

（1）出血（Bleeding）：即将图片占满全版，装订裁刀后四周不露白边，或将图片的一边或两边伸满版边，占去空白。这类版面称为"出血版面"。全页是出血版面时，书眉和页码都不排列，但页次须计算在内。

（2）补白：即将版面所剩空间，利用图案语言或短篇轶闻、笑话、格言加以填满。

（3）留白：即在版面适当地方留下空白，以形成另一种美感。

（4）腰斩：图案语言横贯版面中央，为之腰斩。在专论性文章中配腰斩，可以增加版面的活泼性。

（5）对称：即将版面造型与图案语言相配合，以求得整个版面的对称感和统一性。

（6）框线：即在文章的内外加框或加线以强调主题。

（7）反白：将文字或图案以黑色衬底而用白色表现，可强调文章的特质。

（8）衬底：利用图案语言加衬版面的底，以美化版面。

（9）网线：网线衬底或框线艺术能创造新的视觉感受。

（10）切割图案语言：可加强造型的创意。

4. 版面设计须知

（1）排版切忌单字成行。

（2）同一篇文章各页分栏宜相同，以免有不连贯感。两篇相连的文章，不同的分栏可避免版面单调。

（3）内页力求完整，不宜任意转接。一般页数计算，以每版 8 页为基准数。

（4）图片少做跨页设计，因制版、印刷及装订等稍有疏忽，极易造成无法对齐的现象。

规范合集的排版要求

学生所创作的合集编排应参照杂志的编辑方法，注意版面美观，文字规范。

学生创作合集，在班级展示。

编辑成册

学生制作诗文书写合集，合集需包括序、文学自画像、后记等。

学生创作"个性"合集（只针对文学特长学生）。

注意：每篇文章均要有评语。

项目六　"成长感悟"作文比赛

——"写"单元（学编辑）

【主要内容】

(1) 学生平时无主题的"个性创作"合集（2~3 本学生作品合集）。

(2) 有主题的（"寄放心灵"）感悟性作文合集。

【时长】

2 次课

【实施步骤】

1. 寻找知识分子心灵寄放地

(1) 寻找古代知识分子心灵寄放地。

田园——张衡《归田赋》；

南山——陶渊明《饮酒（其四）》；

陋室——刘禹锡《陋室铭》；

莲花——周敦颐《爱莲说》。

(2) 寻找现代知识分子心灵寄放地。

荷塘——朱自清《荷塘月色》（存目）；

江山——毛泽东《沁园春·长沙》。

2. 修订整理初稿

3. 编辑成册

4. 知识拓展

感悟性作文写作指导。

5. 评比与打分

(1) 散文、诗歌、小品、微型小说等均可。

(2) 按照评分标准打分。

寻找知识分子心灵寄放地

[学习目标]

1. 素质目标

(1) 能够用作文方式传承中华优秀文化。

(2) 能够理解刘禹锡的"惟吾德馨",是中国知识分子志行高洁的典范境界;周敦颐"出淤泥而不染,濯清涟而不妖",是中国知识分子洁身自爱的高洁人格;朱自清的"荷塘月色",是中国知识分子的志向和情操。

2. 知识目标

(1) 阅读刘禹锡《陋室铭》、周敦颐《爱莲说》、朱自清《荷塘月色》等篇目,理解其中的文化精神。

(2) 比较南山——陶渊明《饮酒》、陋室——刘禹锡《陋室铭》、莲花——周敦颐《爱莲说》、荷塘——朱自清《荷塘月色》,体味知识分子的心灵寄托。

3. 能力目标

(1) 撰写以"人格魅力"为主题的感悟性作文,要求:散文、诗歌、小品、微小说等均可。

(2) 自觉进行无主题的"个性创作"。

(3) 能够相互品评,写出简短的符合实际的评语。

寻找古代知识分子心灵寄放地

归 田 赋

张 衡

游都邑以永久[1]，无明略以佐时[2]。
徒临川以羡鱼[3]，俟河清乎未期[4]。
感蔡子之慷慨[5]，从唐生以决疑[6]。
谅天道之微昧[7]，追渔父以同嬉[8]。
超埃尘以遐逝[9]，与世事乎长辞[10]。
　　于是仲春令月[11]，时和气清；
　　　原隰郁茂[12]，百草滋荣。
　　王雎[13]鼓翼，鸧鹒[14]哀鸣；
　　　交颈颉颃[15]，关关嘤嘤。
　　于焉逍遥[16]，聊以娱情。
　　而乃龙吟方泽，虎啸山丘[17]。
　　　仰飞纤缴[18]，俯钓长流。
　　　触矢而毙，贪饵吞钩。
落云间之逸禽[19]，悬渊沉之鲨鰡[20]。
　　于时曜灵俄景[21]，系以望舒[22]。
　　极般游之至乐[23]，虽日夕而忘劬[24]。
　　感老氏之遗诫[25]，将回驾乎蓬庐。
　　弹五弦之妙指[26]，咏周、孔之图书[27]。
　　挥翰墨以奋藻[28]，陈三皇之轨模[29]。
　　苟纵心于物外，安知荣辱之所如[30]。

[注释]

[1] 都邑：指东汉京都洛阳。永：长。久：滞。言久滞留于京都。

[2] 明略：明智的谋略。这句意思是自己无明略以匡佐君主。

[3] 徒临川以羡鱼：《淮南子·说林训》曰："临川流而羡鱼，不如归家织网。"用此典故表明自己空有佐时的愿望。徒，空，徒然。羡，愿。

[4] 俟：等待。河清：黄河水清，古人认为这是政治清明的标志。此句意思为等待政治清明未可预期。

[5] 蔡子：指战国时燕人蔡泽。《史记》卷七十九有传。慷慨：壮士不得志于心。

[6] 唐生：即唐举，战国时梁人。决疑：请人看相以解决对前途命运的疑惑。蔡泽游学诸侯，未发迹时，曾请唐举看相，后入秦，代范雎为秦相。

[7] 谅：确实。微昧：幽隐。

[8] 渔父：宋洪兴祖《楚辞补注》引王逸《渔父章句序》："渔父避世隐身，钓鱼江滨，欣然而乐。"嬉：乐。此句表明自己将与渔父遁于川泽。

[9] 超埃尘：即游于尘埃之外。埃尘，比喻纷浊的事务。遐逝：远去。

[10] 长辞：永别。由于政治昏乱，世路艰难，自己与时代不合，产生了归田隐居的念头。

[11] 仲春令月：春季的第二个月，即农历二月。令月，美好的月份。

[12] 原：宽阔平坦之地。隰（xí）：低湿之地。郁茂：草木繁盛。

[13] 王雎：鸟名。即雎鸠。

[14] 鸧鹒（cāng gēng）：鸟名。即黄鹂。

[15] 颉颃（xié háng）：鸟飞上下貌。

[16] 于焉：于是乎。逍遥：安闲自得。

[17] 而乃：于是。方泽：大泽。这两句言自己从容吟啸于山泽间，类乎龙虎。

[18] 纤缴（zhuó）：指箭。纤，细。缴，射鸟时系在箭上的丝绳。

[19] 逸禽：高飞的鸟。

[20] 鲨鰡（shā liú）：一种小鱼，常伏在水底沙上。

[21] 曜灵：日。俄：斜。景：通"影"。

[22] 系：继。望舒：神话传说中为月亮驾车的仙人，这里代指月亮。

[23] 般（pán）游：游乐。般，乐。

[24] 虽：虽然。劬（qú）：劳苦。

[25] 感老氏之遗诫：指《老子》十二章："驰骋田猎，令人心发狂。"

[26] 五弦：五弦琴。指：通"旨"。

[27] 周、孔之图书：周公、孔子著述的典籍。此句写其读书自娱。

[28] 翰：毛笔。藻：辞藻。此句写其挥翰遣情。

[29] 陈：陈述。轨模：法则。

[30] 如：往，到。以上两句说自己纵情物外，脱略形迹，不在乎荣辱得失所带来的结果。

饮 酒[1]（其四）

陶渊明

栖栖[2]失群鸟，日暮犹独飞。

徘徊无定止，夜夜声转悲[3]。

厉响[4]思清远，去来何依依[5]。

因值孤生松[6]，敛翮遥来归[7]。

劲风无荣木，此荫独不衰[8]。

托身已得所，千载不相违[9]。

[注释]

[1] 陶渊明诗以五言为主，从内容上大致可分为两类：一类是咏怀、咏史，如《杂诗》《饮酒》《咏荆轲》等，抒发自己的情怀；一类是田园诗，《归园田居》五首最典型，描写田园生活及情趣。

[2] 栖栖：形容这只失群鸟内心极不安的样子。《论语》有"丘何为是栖栖者欤"的话，诗中用这两个字使人联想到孔子当年四处寻求、奔波，有所期待，企图有所作为的情景，将这只鸟人格化、理想化了。

[3] 声转悲：形容经过漫长的经历与追求，所感受到的艰难困苦。

[4] 厉响：谓鸣声激越。

[5] 依依：形容满怀归附依依之愿，欲寻一可靠的寄身之所。

[6] 值：遇。孤生松：能够忍受严寒侵袭的独立不羁的松树。

[7] 翮（hé）：鸟的翅膀。遥来归：从高远苍茫之处向着理想之地投奔。

[8] 此句突出松树的坚强、繁盛，不与其他树木同流。

[9] 此句表现作者抉择时态度的坚定与果断。

陋室铭[1]

刘禹锡

山不在[2]高，有仙则名[3]。

水不在深，有龙则灵[4]。

斯是陋室[5]，惟吾德馨[6]。

苔痕上阶绿，草色入帘青[7]。

谈笑有鸿儒[8]，往来无白丁[9]。

可以调素琴[10]，阅金经[11]。

无丝竹[12]之[13]乱耳[14]，无案牍[15]之劳形[16]。

南阳诸葛庐，西蜀子云亭[17]。

孔子云[18]：何陋之有[19]？

[注释]

[1] 陋室：简陋的屋子。铭：古代刻在器物上用来警诫自己或称述功德的文字，叫"铭"，后来成为一种文体。这种文体一般都是用骈句，句式较为整齐，朗朗上口。

[2] 在：在于，动词。

[3] 名：出名，著名，名词用作动词。

[4] 灵：神奇；灵异。

[5] 斯是陋室：这是简陋的屋子。斯，指示代词，此，这。是，表肯定的判断动词。陋室，简陋的屋子，这里指作者自己的屋子。

[6] 惟吾德馨：只因为我（住屋的人）品德高尚（就不感到简陋了）。惟，只。吾，我。馨，散布很远的香气，这里指（品德）高尚。《尚书·君陈》："黍稷非馨，明德惟馨。"。

[7] 苔痕上阶绿，草色入帘青：苔痕碧绿，长到阶上；草色青葱，映入帘里。上，长到。入，映入。

[8] 鸿儒：大儒，这里指博学的人。鸿，通"洪"，大。儒，旧指读书人。

[9] 白丁：平民。这里指没有什么学问的人。

[10] 调素琴：弹奏不加装饰的琴。调，调弄，这里指弹（琴）。素琴，不加装饰的琴。

[11] 金经：现今学术界仍存在争议，有学者认为是指佛经（《金刚经》），也有人认为是装饰精美的经典（《四书五经》）。金，珍贵的。金者贵义，是珍贵的意思，儒释道的经典都可以说是金经。

[12] 丝竹：琴瑟、箫管等乐器的总称。"丝"指弦乐器，"竹"指管乐器。这里指奏乐的声音。

[13] 之：语气助词，不译。用在主谓间，取消句子的独立性。

[14] 乱耳：扰乱双耳。乱，形容词的使动用法，使……乱，扰乱。

[15] 案牍（dú）：（官府的）公文，文书。

[16] 劳形：使身体劳累（"使"动用法）。劳，形容词的使动用法，使……劳累。形，形体、身体。

[17] 南阳诸葛庐，西蜀子云亭：南阳有诸葛亮的草庐，西蜀有扬子云的亭子。这两句是说，诸葛庐和子云亭都很简陋，因为居住的人很有名，所以受到人们的景仰。南阳，地名，今河南省南阳市。诸葛亮在出山之前，曾在南阳卧龙岗中隐居躬耕。诸葛亮，字孔明，三国时蜀汉丞相，著名的政治家和军事家。扬雄，字子云，西汉时文学家，蜀郡成都人。庐，简陋的小屋子。

[18] 孔子云：孔子说，云在文言文中一般都指说。选自《论语·子罕》篇："君子居之，何陋之有?"作者在此去掉君子居之，体现他谦虚的品格。

[19] 何陋之有：即"有何之陋"，属于宾语前置。之，助词，表示强烈的反问，宾语

前置的标志，不译。全句译为：有什么简陋的呢？这里以孔子之言，亦喻自己为"君子"，点明全文，这句话也是点睛之笔、全文的文眼。

爱莲说[1]

周敦颐

水陆草木之[2]花，可爱[3]者[4]甚[5]蕃[6]。晋陶渊明独爱菊[7]。自李唐来，世人甚爱牡丹[8]。予独[9]爱莲之[10]出[11]淤泥[12]而不染[13]，濯[14]清涟[15]而不妖[16]，中通外直[17]，不蔓不枝[18]，香远益清[19]，亭亭净植[20]，可远观而不可亵玩焉[21]。

予谓菊[22]，花之隐逸者也[23]；牡丹，花之富贵者也；莲，花之君子者也[24]。噫[25]！菊之爱[26]，陶后鲜[27]有闻[28]。莲之爱，同予者何人[29]？牡丹之爱，宜乎众矣[30]。

[注释]

[1] 说：一种议论文的文体，可以直接说明事物或论述道理，也可以借人、借事或借物的记载来论述道理。

[2] 之：的。

[3] 可爱：值得怜爱。

[4] 者：用在形容词后面，组成"者"字结构，用以指代人、事、物，此处指花。

[5] 甚：很，非常。

[6] 蕃：多。

[7] 晋陶渊明独爱菊：晋朝陶渊明只喜爱菊花。陶渊明（365—427），一名潜，字元亮，自称五柳先生，世称靖节先生（死后谥靖节），东晋浔阳柴桑（现在江西省九江市）人，东晋著名诗人，是著名的隐士。陶渊明独爱菊花，常在诗里咏菊，如《饮酒》诗里的"采菊东篱下，悠然见南山"，向来被称为名句。

[8] 自李唐来，世人甚爱牡丹。《唐国史补》里说："京城贵游，尚牡丹……每春暮，车马若狂……种以求利，一本（一株）有直（同"值"）数万（指钱）者。"自，自从。李唐，指唐朝。唐朝皇帝姓李所以称为"李唐"。甚，很，十分。

［9］独：只，仅仅。

［10］之：主谓之间取消句子独立性。

［11］出：长出。

［12］淤泥：污泥。

［13］染：沾染（污秽）。

［14］濯（zhuó）：洗涤。

［15］清涟（lián）：水清而有微波，这里指清水。

［16］妖：美丽而不端庄。

［17］中通外直：（它的茎）内空外直。通，贯通；通透。直，挺立的样子。

［18］不蔓（màn）不枝：不生蔓，不长枝。

［19］香远益清：香气远播，愈加使人感到清雅。益，更加。清，清芬。

［20］亭亭净植：笔直地洁净地立在那里。亭亭，耸立的样子。植，树立。

［21］可：只能。亵玩：玩弄。亵（xiè），亲近而不庄重。焉，句末语气词，这里相当于现代汉语的"啊""呀"，助词。

［22］谓：认为。

［23］隐逸者：指隐居的人。在封建社会里，有些人不愿意跟统治者同流合污，就隐居避世。

［24］君子：指道德品质高尚的人。者：……的人或物。随着前面的名词而变化，例如："有黄鹤楼者"中的者意思就是……的建筑。

［25］噫：感叹词，相当于现在的"唉"。

［26］菊之爱：对于菊花的喜爱。之，语气助词，的。（一说为"宾语提前的标志"）

［27］鲜（xiǎn）：少。

［28］闻：听说。

［29］同予者何人：像我一样的还有什么人呢？

［30］宜乎众矣：（爱牡丹的）应当有很多人吧。宜乎，当然（应该）。宜，当。众，众多。

寻找现代知识分子心灵寄放地

沁园春·长沙[1]

毛泽东

独立寒秋[2],湘江北去[3],橘子洲头[4]。
看万山[5]红遍,层林尽染[6];
漫江[7]碧透,百舸争流[8]。
鹰击长空,鱼翔浅底[9],万类霜天竞自由[10]。
怅寥廓[11],问苍茫[12]大地,谁主沉浮[13]?

携来百侣[14]曾游,忆往昔峥嵘岁月稠[15]。
恰同学少年[16],风华正茂[17];
书生意气[18],挥斥方遒[19]。
指点江山,激扬文字[20],粪土当年万户侯[21]。
曾记否,到中流击水[22],浪遏[23]飞舟?

[注释]

[1] 沁园春:词牌名,"沁园"为东汉明帝为女儿沁水公主修建的皇家园林,据《后汉书·窦宪传》记载,沁水公主的舅舅窦宪倚仗其妹贵为皇后之势,竟强夺公主园林,后人感叹其事,多在诗中咏之,渐成"沁园春"这一词牌。

[2] 寒秋:就是深秋、晚秋。秋深已有寒意,所以说是寒秋。

[3] 湘江:一名湘水,湖南省最大的河流,源出广西壮族自治区陵川县南的海洋山,长876公里,向东北流贯湖南省东部,经过长沙,北入洞庭湖。所以说是湘江北去。

[4] 橘子洲:地名,又名水陆洲,是长沙城西湘江中一个狭长小岛,西面靠近岳麓山。南北长约5.5里,东西最宽处约0.5里。毛泽东七律《答友人》中所谓长岛,指此。这里自唐代以来,就是游览胜地。

[5] 万山：指湘江西岸岳麓山和附近许多山峰。

[6] 层林尽染：山上一层层的树林经霜打变红，像染过一样。

[7] 漫江：满江。漫，满，遍。

[8] 舸（gě）：大船。这里泛指船只。争流：争着行驶。

[9] 鹰击长空，鱼翔浅底：鹰在广阔的天空里飞，鱼在清澈的水里游。击，搏击。这里形容飞得矫健有力。翔，本指鸟盘旋飞翔，这里形容鱼游得轻快自由。

[10] 万类霜天竞自由：万物都在秋光中竞相自由地生活。万类，指一切生物。霜天，指深秋。

[11] 怅寥廓（chàng liáo kuò）：面对广阔的宇宙惆怅感慨。怅，原意是失意，这里用来表达由深思而引发激昂慷慨的心绪。寥廓，广远空阔，这里用来描写宇宙之大。

[12] 苍茫：旷远迷茫。

[13] 主：主宰。沉浮：同"升沉"（上升和没落）意思相近，比喻事物盛衰、消长，这里指兴衰。由上文的俯看游鱼，仰看飞鹰，纳闷地寻思（"怅"）究竟是谁主宰着世间万物的升沉起伏。这句问话在这里可以理解为：在这军阀统治下的中国，到底应该由谁来主宰国家兴衰和人民祸福的命运呢？

[14] 百侣：很多的伴侣。侣，这里指同学（也指战友）。

[15] 峥嵘（zhēng róng）岁月稠：不平常的日子是很多的。峥嵘，山势高峻，这里是不平凡，不寻常的意思。稠，多。

[16] 恰：适逢，正赶上。同学少年：毛泽东于1913—1918年就读于湖南第一师范学校。1918年毛泽东和萧瑜、蔡和森等组织新民学会，开始了他早期的政治活动。

[17] 风华正茂：风采才华正盛。

[18] 书生：读书人，这里指青年学生。意气：意志和气概。

[19] 挥斥方遒（qiú）：挥斥，奔放。《庄子·田子方》："挥斥八极"。郭象注："挥斥，犹纵放也。"遒，强劲有力。方，正。挥斥方遒，是说热情奔放，劲头正足。

[20] 指点江山，激扬文字：评论国家大事，用文字来抨击丑恶的现象，赞扬美好的事物。写出激浊扬清的文章。指点，评论。江山，指国家。激扬，激浊扬清，抨击恶浊的，褒扬善良的。

[21] 粪土当年万户侯：把当时的军阀官僚看得同粪土一样。粪土，做动词用，

视……如粪土。万户侯，汉代设置的最高一级侯爵，享有万户农民的赋税。此借指大军阀、大官僚。万户，指侯爵封地内的户口，要向受封者缴纳租税，服劳役。

[22] 中流：江心水深流急的地方。击水：作者自注："击水：游泳。那时初学，盛夏水涨，几死者数，一群人终于坚持，直到隆冬，犹在江中。当时有一篇诗，都忘记了，只记得两句：自信人生二百年，会当水击三千里。"这里引用祖逖（tì）的"中流击楫"典故（祖逖因为国家政权倾覆，时刻怀着振兴光复的心志。元帝就让他担任奋威将军、豫州刺史，供给他一千人的军粮，三千匹布，但不给战衣和兵器，让他自行招募士众。祖逖就率领随自己流亡的部属一百多家，渡过长江，到江心时他叩击船桨发誓说："我祖逖不能平定中原并再次渡江回来的话，就像长江的水一去不返！"他言辞激昂，神色悲壮，众人都为他的誓言感慨赞叹）。这里指游泳。

[23] 遏（è）：阻止。

修订整理初稿

学生修订整理作文初稿，每篇作文要求有评语。

编辑成册

学生将作文编辑成册，形成合集。

相关链接

感悟性作文写作指导

牛凯波

人生活在自然与社会彼此交融的复杂环境中，为了谋求幸福的生活，不断适应环境、改变环境，同时，客观世界的人、事、物、景也会在人的生活实践中反作用于人，不断对人施加影响。这种反作用影响比较显著时，人就会产生独特而明显的感受。当人的某种感受反复出现，人就会自觉不自觉地收集这种感受，并进行概括、归纳、总结，从而认识到事物的本质以及隐藏在客观世界中的"隐形"规律，进而努力去寻找应对这些影响的行为方法。所谓的感悟，"感"就是客观世界作用于人，生成的具体感受；"悟"就是作者对客观世界本质及本质规律的认识，以及应对客观世界的行为办法。

一、什么是感悟类作文

明确作文标题，同时，从标题的内容上看，表达的是作者对客观世界某个特定事物的感悟，这样的命题作文，叫作感悟类命题作文。例如《明天会更好》《幸福就是一种善意的付出》《生命冷暖》《每个生命都应向阳而生》，等等。

二、感悟类作文的种类

(一) 从感受（感觉）角度命题

作文命题单从浅层次的感受角度出发，设定事物或行为给作者的感受，以这种感受来命题。

(1) 明确限定具体事物或行为给人的感受。例如，《迟来的道歉》——"迟来"这种感受来自"道歉"；《是你拨动了我的心弦》——"拨动我的心弦"，即感动这种感受来自一个特定的人"你"；《阳光照着我前行》——"阳光"即"温暖"感受，是"前行"过程中感受到的；《生活如玫瑰》——"玫瑰"这种美好的感受，来自"生活"。这种具体事物或行为，有时"具体"是狭义的，指向特定的某一个；有时"具体"是广义的，指向的是一个类别，或一个特定的范围。

(2) 不限定是什么带来的感受——只限定给人的感受是什么。例如，《其实我很累》——我的感受是"很累"，到底是什么给我这种累的感觉，标题没有限定；《疼》——只限定了具体感受是"疼"，什么或谁给我的这种"疼"的感受没有限定；《那一刻，我的世界春暖花开》——标题只限定了具体感受"我的世界春暖花开"，没有限定这种美好感受来自何方。

(二) 从理论认知的角度来命题

命题抛开事物或事物的行为给人的感受，直接进入本质认知层面，揭示事物的本质，或事物内部蕴含的规律，只停留在理论认识层面，不指出在行动上该如何做。

(1) 揭示事物的本质。例如，《生命是一朵常开不谢的花儿》——形象揭示事物的本质；《幸福，就是一种愉悦的心境》——揭示作者对"幸福"的本质认识；《愤怒——是拿别人的错误惩罚自己》——揭示对"愤怒"的本质认识。

(2) 揭示事物内部蕴含的本质规律。例如，《生命的价值源于自己》——揭示"生命的价值"受自我影响，自我决定自身的生命价值这一规律；《付出，然后才有收获》——揭示"付出"和"收获"的关系，指出"付出多少决定收获多少"这一本质规律；《无欲则刚》——揭示"贪欲"与人的行为之间的关系，明确"贪欲"主导人的行为方式这一本质规律。

(三) 从行为认知角度来命题

命题抛开客观世界给人的感受，抛开对事物的本质认识，直接揭示在行动上应该如何应对客观世界，即明确面对某种情况，人应该怎样做。这种命题是用来指导人的行动方向和行为方法的。

(1) 笼统指明人的行为方向。例如，《写好"人"字》——只指明做人要做一个"好"人的方向，不明确具体怎么做；《站在高处》——只指出做人要"站得高，看得远"这一具体行动方向，如何做才能"站在高处"，没有具体指出来；《生活在清雅的世界里》——指明人生应该追求清雅这一行为取向，但没有明确具体该如何做。

(2) 具体指出面对某种情况，人应该如何做。例如《俯下身去做事》《别人的事也要好好管一管》《退一步思考问题》《给自己留点余地》《相信"下一次"》《耕种自己的土地》《坚信门一直开着》《守住灵魂的本真》《拒绝冷漠，传递温暖》《双赢的智慧》，等等。

三、感悟类文章生成的思维路径

(一) 感悟类文章具体生成的路径

(1) 客观世界具体的事物作用于人的生活。

(2) 人生成某种感受。

(3) 多次经历、多角度感受后，人自觉不自觉进行概括、归纳总结，对特定事物或行为形成特定的本质认知，或发现其中蕴含的隐形规律。

(4) 掌控、借助这种本质认识或规律，明确自己在行动上该如何做。

(二) 生成路径决定写作构成要素

(1) 选取生成同一感受的人、事、物、景——选取种类（人、事、物、景）可以单一选择，也可以综合选择，但必须选取多个诱发这种感觉生成的"触点"——没有足够的数量，就无法进行概括、归纳总结，就无法找到事物的本质和内部蕴含的规律认知。

(2) 明确写出这种突出的感受——要具体、细腻。

(3) 透过人、事、物、景纷繁复杂的现象，探寻带来这种感受的事物或行为的本质，认知这种感受背后隐藏的规律。

(4) 暗示或明确人应该怎么做。

这里重点是让大家理解什么是感悟类作文，感悟类命题都有哪些具体命题形式，感悟类作文的常规写作思路和构成要素。这里讲述的内容，为具体写作实践环节奠定了必备的理论基础。我们在理解上一定要做到深入、深刻、通透，才能保证后面的学习无阻力，循序渐进地进行。

教师根据表 6-1 所示评分标准为学生打分。

表 6-1　写作活动评分标准

项目	具体评分标准	标准分	总计
主题内容	主题鲜明，具有思想价值和现实意义	20 分	
	内容符合主题要求，富有启迪性和前瞻性	10 分	
	感情真挚，标题醒目、新颖	10 分	
体裁结构	文体明确，文眼明显，线索脉络清晰	10 分	
	文章层次分明、结构合理	5 分	
	布局严谨、完整、自然	5 分	

续表

项目	具体评分标准	标准分	总计
语言表达	语言通顺流畅、符合逻辑	10 分	
	写作技巧运用合理	5 分	
	详略得当	5 分	
创新和亮点	材料构思新鲜，见解独特	10 分	
	章法架构具有独到之处	5 分	
	文章文采洋溢	5 分	
总分			

项目七 "青春记忆"拍摄视频活动

——"练"单元(学拍摄)

【主要内容】

(1)学生平时无主题的微电影视频展演。

(2)有主题的("人生选择")微电影视频展演。

【时长】

2 次课

【实施步骤】

1. 知识分子的选择

四为——张载《四为诗》(存目)

我自横刀向天笑——谭嗣同《绝笔》(存目)

舍生取义——孟子《鱼我所欲也》

宫刑——司马迁《史记》(存目)

2. 编写剧本

3. 演出

4. 后期制作并展演

5. 评比与打分

(1)内容要有戏剧性。

（2）体现"选择"这一主题。

（3）按照评分标准打分。

6. 知识拓展

如何拍摄微视频。

[学习目标]

1. 素质目标

（1）能够用现代媒体传承中华优秀文化。

（2）能够理解《孟子》中两难抉择时舍生取义的最高标准，读懂忠贞爱国的屈原、喊出"四为"的张载、去留肝胆两昆仑的谭嗣同等人的抉择。

2. 知识目标

（1）阅读张载《四为诗》、谭嗣同《绝笔》、孟子《鱼我所欲也》等篇目，理解其中蕴含的文化精神。

（2）能够比较屈原的抉择——屈原《渔父》、四为——张载《四为诗》、生死选择——谭嗣同《绝笔》，在孟子《鱼我所欲也》里寻找舍生取义的源头，体味知识分子的抉择。

3. 能力目标

（1）拍摄"人生抉择"微电影视频。

（2）举办"人生抉择"微电影视频展演。

（3）自觉进行无主题的微电影视频拍摄。

（4）能够体味舍生取义的人生准则。

鱼我所欲也

孟 子

鱼，我所欲也；熊掌，亦我所欲[1]也。二者不可得兼[2]，舍[3]鱼而取[4]熊掌者也。

生，亦我所欲也；义，亦我所欲也。二者不可得兼，舍生而取义者也。生亦我所欲，所欲有甚于[5]生者，故[6]不为苟得[7]也；死亦我所恶[8]，所恶有甚于死者，故患有所不辟也[9]。如使人之所欲莫甚于生[10]，则凡可以得生者何不用也[11]？使人之所恶莫甚于死者，则凡可以辟患者何不为[12]也？由是则生而有不用也，由是则可以辟患而[13]有不为也。是故[14]所欲有甚于生者，所恶有甚于死者。非独贤者有是心也[15]，人皆有之，贤者能勿丧耳[16]。

一箪[17]食，一豆[18]羹，得之则[19]生，弗得[20]则死。呼尔而与之[21]，行道之人[22]弗受；蹴尔而[23]与之，乞人不屑[24]也。万钟[25]则不辩礼义而受之，万钟于我何加[26]焉！为宫室[27]之美，妻妾之奉[28]，所识穷乏者得我与[29]？乡[30]为身死而不受，今为宫室之美为之；乡为身死而不受，今为妻妾之奉为之；乡为身死而不受，今为所识穷乏者得我而为之：是亦不可以已[31]乎？此之谓失其本心[32]。

[注释]

[1] 亦：也。欲：喜爱。

[2] 得兼：两种东西都得到。

[3] 舍：舍弃。

[4] 取：选取。

[5] 甚：胜于。于：比。

[6] 故：所以，因此。

[7] 苟得：苟且取得，这里是"苟且偷生"的意思。

[8] 恶：厌恶。

[9] 患：祸患，灾难。辟：通"避"，躲避。

[10] 如使：假如，假使。之：用于主谓之间，取消句子的独立性，无实意，不译。莫：没有。

[11] 则：那么。凡：凡是，一切。得生：保全生命。何不用也：什么手段不可用呢？用，采用。

[12] 为：做。

[13] 而：但是。

[14] 是故：这是因为。

[15] 非独：不只，不仅。非，不。独，仅。贤者：有才德，有贤能的人。是：此，这样。心：思想。

[16] 勿丧：不丧失。丧，丧失。

[17] 箪：古代盛食物的圆竹器。

[18] 豆：古代一种木制的盛食物的器具。

[19] 则：就。

[20] 弗：不。得：得到。

[21] 呼尔而与之：呼喝着给他（吃喝）。尔，语气助词。《礼记·檀弓》记载，有一年齐国出现了严重的饥荒。黔敖在路边施粥，有个饥饿的人用衣袖蒙着脸走来。黔敖吆喝着让他吃粥。他说："我正因为不吃被轻蔑地给予的食物，才落得这个地步！"呼尔，呼喝（轻蔑地，对人不尊重）。

[22] 行道之人：（饥饿的）过路的行人。

[23] 蹴：用脚踢。而：表修饰。

[24] 不屑：因轻视而不肯接受。

[25] 万钟：这里指高位厚禄。钟，古代的一种量器，六斛四斗为一钟。

[26] 何加：有什么益处。何，介词结构，后置。

[27] 宫室：住宅。

[28] 奉：侍奉。

[29] 穷乏者：穷人。得我：感激我。得，通"德"，感激。与：通"欤"，语气助词。

[30] 乡，通"向"，原先，从前。

[31] 已：停止。

[32] 本心：指本性，天性，良知。

编写剧本

学生编写"人生抉择"剧本，为后面拍摄视频做好准备。

演出

学生举办"人生抉择"微电影演出。

后期制作并展演

学生拍摄"人工抉择"微电影视频,并在学校进行展演。

如何拍摄微视频

牛凯波

微视频(又称"视频分享类短片")是指个体通过PC(个人计算机)、手机、摄像头、DV(数码摄像机)、DC(数码相机)等多种视频终端摄录、上传互联网进而播放共享的短则30秒,长的一般在20分钟左右,内容广泛,视频形态多样,涵盖小电影、纪录短片、DV短片、视频剪辑、广告片段等的视频短片的统称。"短、快、精"、大众参与性、随时随地随意性是微视频的最大特点。要想做好微视频,需要做好以下几点:

(1)前期策划,剧本写作,有两三千字的剧本就可以;

(2)分镜头脚本的写作,此步骤是为了后期拍摄和剪辑更加有条理,尽量细化,将同场景的镜头分出来,后期拍摄更加省时;

(3)选用合适的学生担任适当角色;

(4)拍摄,根据分镜头脚本分场景制作;

(5)微电影中后期的制作很重要,片头和片尾也很重要。

一、各小组主要准备工作

在所有的小组负责人员陆续选定以后,制片人要根据拍摄计划安排各个创作小组投入准备工作。具体来说,筹备期各小组要完成以下准备工作:

(一)导演小组

担任导演的学生与各小组负责人员就剧本进行沟通讨论,保证有统一的艺术设想指导筹备工作。在正式开拍之前,"导演"还要对全体人员做一次导演角色阐述,目的是统一创作思想。"导演"带领创作人员看景地、定景,与摄制组主创人员在预计拍摄的场地就未来的工作提前沟通，设计拍摄方案。帮助参演学生熟悉剧情，深入理解角色，认识自己的合作表演对象。

（二）摄影小组

负责摄影的学生与担任导演的学生一同看景，并对一些戏的拍摄手法、布光方式提前有所设计。摄影小组要提供所需摄影器材清单，并检查试用租赁来的摄影器材。

（三）美术小组

对美术、置景、道具、化装、服装各个小组的创作进行指导、设计，使所有参加学生对电影的美学风格达成共识，统一创作思路。拍摄取景不要过多，也不要过于分散，景地之间的距离也不要太长，以利于集中拍摄。美术、置景、道具小组合作完成拍摄现场的准备，在不具备实景拍摄的条件时，要进行人工搭景。道具小组向制片组提供所需要道具清单，由道具小组来制作道具。

（四）录音小组

录音负责人与"导演"沟通，设计全剧的声音效果。录音负责人同其他负责人员一同看景，对即将进入的景地的录音条件做到心中有数。录音小组提供所需要的器材清单，并检查录音器材。

二、拍摄期的主要工作

（一）组织督促拍摄

如果拍摄期间出现意外，严重影响到原定计划，制片部门要尽快安排可执行的替补拍摄方案，并组织人员尽快解决困难。

（二）创造拍摄条件

为了保证拍摄按计划进行，要提前为视频的下一步拍摄做好准备，在拍摄现场创造拍摄条件，以及解决拍摄过程中出现的各种困难。

（三）制订拍摄计划

制订拍摄计划，下发拍摄通知单，而且要细致考虑方方面面的因素，包括天气因素、演员调度因素、场景准备因素、道具准备因素等。

三、后期制作中的主要工作

（一）剪辑画面和对白

剪辑画面是进入后期制作的第一项工作，一般意义上，我们将画面剪辑笼统地分为两步：初剪和精剪。精剪是一项创造性的工作，通过剪辑创造最佳的画面叙事效果。初剪工作完成后，留给剪辑人员的只是一堆原料，一个优秀的剪辑人员能在这个基础上创造出令人赏心悦目的视觉效果。

（二）制作声音

后期录音的工作分为三个部分：录制对白、录制音响效果、录制音乐。

从录音小组的工作方式来看有同期录音和后期录音两种方式。采用同期录音的制作方式，对白和音响在拍摄现场与画面同步录制完成，在现场录制效果不理想的声音，有可能在现场补录，也可能到后期录音时再对不理想的部分进行补录和加工。同期录音的方式，优点是声音的真实感强，参与演员表演时也不必拘泥于限定的台词，可以有很大的发挥余地，缺点是对拍摄现场的录音条件要求比较高，有时因为录音效果不好，容易导致重拍。

（三）制作特效、字幕、片头、片尾

在非线性系统中，字幕和特技可以在画面全部编辑完成之后再添加，也可以两者同时进行。字幕的制作主要包括制作片头、片尾出现的演职员表和剧中人物的对白、独白。必须使用国家公布的规范的语言文字，并按电影播出单位对字形、位置、大小等要求制作，不能出现错字、别字。

（四）混合录制

混录合成是将影片中所有的声音、画面按照其应有的位置、效果混合录制完成之后，影片最终的面貌就定型了。

评比与打分

教师根据表7-1所示评分标准为学生打分。

微视频评分标准

如表 7-1 所示，分三个等次评分。第一等次 85~92 分；第二等次 75~85 分；第三等次 65~75 分。在自评、互评、组长评的基础上给学生分数，但教师要及时跟踪学生的活动过程，保证给出准确、客观、公正的分数。综合评价如表 7-2 所示。

表 7-1　微视频评分标准

评分等次	分值
主要执笔人、导演、艺术总监、项目组长、摄影、合成等	85~92 分
男 1 号、女 1 号、场记、总后勤	75~85 分
其余人员	65~75 分

表 7-2　综合评价

班级：　　　　　　　　　　　时间：

学号	姓名	课堂评价（50 分）			课余评价（50 分）					备注
					日常行为		实践活动			
		学生自评（5 分）	小组互评（20 分）	教师点评（25 分）	学生自评（5 分）	辅导员点评（10 分）	学生自评（5 分）	教师点评（10 分）	活动方（企业）评价（20 分）	

项目八　经典阅读

【主要内容】

学生平时课外阅读的应会篇目可编入前面几个单元，进行重点讲解。

【时长】

一学期

【实施步骤】

1. 推荐阅读

（1）分单元指定课外阅读篇目。

（2）学期末检查学习情况。

（3）可以背诵、默写，作为期末考试的拓展题目。

2. 知识拓展

意象组配与求解——兼谈文学作品的欣赏

【推荐书目】

儒家经典类

《四书》——《论语》《大学》《中庸》《孟子》

《五经》——《诗经》《尚书》《礼记》《易经》《春秋》

《孝经》《弟子规》

史书类

《左传》《战国策》《公羊传》

《史记》《汉书》《后汉书》《三国志》《资治通鉴》

诸子类

《道德经》《庄子》《荀子》《韩非子》《墨子》

《鬼谷子》《孙子兵法》

神话类

《山海经》《列子》

家书类

《颜氏家训》《曾国藩家书》《傅雷家书》

文选类

《楚辞》《汉赋》《乐府诗集》《昭明文选》《古文观止》

《唐诗三百首》《宋词三百首》

古典小说戏曲类

《红楼梦》《三国演义》《水浒传》《西游记》

《世说新语》《儒林外史》《聊斋志异》

《西厢记》《桃花扇》

文艺理论类

《文心雕龙》《诗品》《人间词话》

科技类

《黄帝内经》《本草纲目》《梦溪笔谈》《天工开物》

[学习目标]

1. 素质目标

能够用阅读的方式传承中华优秀文化。

2. 知识目标

（1）阅读 22 篇重点篇目：《大学》《老子》《孟子二则》《逍遥游》《涉江》《木兰辞》《送杜少府之任蜀川》《别董大》《送元二使安西》《渭川田家》《行路难》《茅屋为秋风所破歌》《雨霖铃（寒蝉凄切）》《念奴娇·赤壁怀古》《水调歌头·明月几时有》《满江红》《正气歌》《天净沙·秋思》《再别康桥》《沁园春·雪》《有的人》《乡愁》。

（2）阅读 55 部推荐类别与书目：儒家经典类 11 部、史书类 8 部、诸子类 7 部、神话类 2 部、家书类 3 部、文选类 7 部、古典小说戏曲类 9 部、文艺理论类 4 部、科技类 4 部。

3. 能力目标

（1）能够背诵其中 10 篇。

（2）能够默写其中 10 篇。

（3）能够熟悉 55 部推荐类别与书目。

大　学

大学之道，在明明德，在亲民，在止于至善。知止而后有定，定而后能静，静而后能安，安而后能虑，虑而后能得。物有本末，事有终始。知所先后，则近道矣。

古之欲明明德于天下者，先治其国；欲治其国者，先齐其家；欲齐其家者，先修其身；欲修其身者，先正其心；欲正其心者，先诚其意；欲诚其意者，先致其知；致知在格物。物格而后知至，知至而后意诚，意诚而后心正，心正而后身修，身修而后家齐，家齐而后国治，国治而后天下平。

自天子以至于庶人，壹是皆以修身为本。其本乱而末治者否矣；其所厚者薄，而其所薄者厚，未之有也。此谓知本，此谓知之至也。

所谓"诚其意"者，毋自欺也。如恶（wù）恶（è）臭，如好（hào）好（hǎo）色，此之谓自谦。故君子必慎其独也。小人闲居为不善，无所不至；见君子而后厌然，掩其不善而著其善；人之视己，如见其肺肝然，则何益矣？此谓诚于中，形于外，故君子必慎其独也。

曾子曰："十目所视，十手所指，其严乎!"富润屋，德润身，心广体胖（pán），故君子必诚其意。

《诗》云："瞻彼淇澳（yù），菉（lù）竹猗猗。有斐君子，如切如磋，如琢如磨。瑟兮僩（xiàn）兮，赫兮喧兮。有斐君子，终不可喧兮！"如切如磋者，道学也；如琢如磨者，自修也；瑟兮僩兮者，恂（xún）栗（lì）也；赫兮喧兮者，威仪也；有斐君子，终不可喧兮者，道盛德至善，民之不能忘也。

《诗》云："於（wū）戏（hū）前王不忘！"君子贤其贤而亲其亲，小人乐其乐而利其利，此以没世不忘也。

《康诰》曰："克明德。"《大（tài）甲》曰："顾諟是天之明命。"《帝典》曰："克明峻德。"皆自明也。

汤之《盘铭》曰："苟日新，日日新，又日新。"《康诰》曰："作新民。"《诗》曰："周虽旧邦，其命惟新。"是故君子无所不用其极。

《诗》云："邦畿（jī）千里，惟民所止。"《诗》云："缗（mín）蛮黄鸟，止于丘隅。"子曰："于止，知其所止。可以人而不如鸟乎？"

《诗》云："穆穆文王，於缉熙敬止。"为人君，止于仁；为人臣，止于敬；为人子，止于孝；为人父，止于慈；与国人交，止于信。

子曰："听讼，吾犹人也。必也使无讼乎！"无情者不得尽其辞，大畏民志。此谓知本。

所谓"修身在正其心"者：身有所忿懥（zhì），则不得其正；有所恐惧，则不得其正；有所好乐，则不得其正；有所忧患，则不得其正。心不在焉，视而不见，听而不闻，食而不知其味。此谓"修身在正其心"。

所谓"齐其家在修其身"者：人之其所亲爱而辟焉，之其所贱恶而辟焉，之其所畏敬而辟焉，之其所哀矜而辟焉，之其所敖惰而辟焉。故好而知其恶，恶而知其美者，天下鲜矣。故谚有之曰："人莫知其子之恶，莫知其苗之硕。"此谓身不修，不可以齐其家。

所谓"治国必先齐其家"者，其家不可教，而能教人者无之。故君子不出家而成教于国。孝者，所以事君也；弟（tì）者，所以事长也；慈者，所以使众也。《康诰》曰："如保赤子。"心诚求之，虽不中不远矣。未有学养子而后嫁者也。

一家仁，一国兴仁；一家让，一国兴让；一人贪戾，一国作乱；其机如此，此谓一言偾（fèn）事，一人定国。尧舜率天下以仁，而民从之；桀纣率天下以暴，而民从之。其所令反其所好，而民不从。是故君子有诸己，而后求诸人；无诸己，而后非诸人。所藏乎身不恕，而能喻诸人者，未之有也。故治国在齐其家。

《诗》云："桃之夭夭，其叶蓁（zhēn）蓁。之子于归，宜其家人。"宜其家人，而后可以教国人。《诗》云："宜兄宜弟。"宜兄宜弟，而后可以教国人。《诗》云："其仪不忒（tè），正是四国。"其为父子兄弟足法，而后民法之也。此谓治国在齐其家。

所谓"平天下在治其国"者，上老老而民兴孝；上长长而民兴弟；上恤孤而民不倍。是以君子有絜（xié）矩（jǔ）之道也。所恶于上，毋以使下；所恶于下，毋以事上；所恶于前，毋以先后；所恶于后，毋以从前；所恶于右，毋以交于左；所恶于左，毋以交于右。此之谓絜矩之道。《诗》云："乐只君子，民之父母。"民之所好好之，民之所恶恶之，此之谓民之父母。《诗》云："节彼南山，维石岩岩。赫赫师尹，民具尔瞻。"有国者不可以不慎，辟则为天下僇（lù）矣！

《诗》云："殷之未丧师，克配上帝；仪监于殷，峻命不易。"道得众，则得国；失众，则失国。是故君子先慎乎德。有德此有人，有人此有土，有土此有财，有财此有用。德者本也；财者末也。外本内末，争民施夺。是故财聚则民散，财散则民聚。是故言悖而出者，亦悖而入；货悖而入者，亦悖而出。《康诰》曰："惟命不于常。"道善则得之，不善则失之矣。《楚书》曰："楚国无以为宝，惟善以为宝。"舅犯曰："亡人无以为宝，仁亲以为宝。"

《秦誓》曰："若有一介臣，断断兮，无他技；其心休休焉，其如有容焉。人之有技，若己有之；人之彦圣，其心好之；不啻（chì）若自其口出。寔（shí）能容之，以能保我子孙黎民，尚亦有利哉！人之有技，媢（mào）疾以恶之；人之彦圣，而违之俾（bǐ）不通。寔不能容，以不能保我子孙黎民，亦曰殆哉！"唯仁人放流之，迸（bèng）诸四夷，不与同中国。此谓"唯仁人为能爱人，能恶人"。见贤而不能举，举而不能先，命也；见不善而不能退，退而不能远，过也。好人之所恶，恶人之所好，是谓拂人之性，灾（zāi）必逮夫身。是故君子有大道，必忠信以得之，骄泰以失之。

生财有大道：生之者众，食之者寡；为之者疾，用之者舒；则财恒足矣。仁者以财发身，不仁者以身发财。未有上好仁，而下不好义者也；未有好义，其事不终者也；未有府库财，非其财者也。

孟献子曰："畜马乘，不察于鸡豚；伐冰之家，不畜牛羊；百乘之家，不畜聚敛之臣；与其有聚敛之臣，宁有盗臣。"此谓国不以利为利，以义为利也。长国家而务财用者，必自小人矣，彼为善之。小人之使为国家，灾害并至，虽有善者，亦无如之何矣！此谓国不以利为利，以义为利也。

道德经

老　子

第一章

　　道可道，非常道。名可名，非常名。无，名天地之始；有，名万物之母。故常无，欲以观其妙；常有，欲以观其徼（jiǎo）。此两者，同出而异名，同谓之玄。玄之又玄，众妙之门。

第二章

　　天下皆知美之为美，斯恶已；皆知善之为善，斯不善已。有无相生，难易相成，长短相形，高下相盈，音声相和，前后相随。是以圣人处无为之事，行不言之教；万物作而不为始，生而不有，为而不恃，功成而弗居。夫唯弗居，是以不去。

第三章

　　不尚贤，使民不争；不贵难得之货，使民不为盗；不见可欲，使民心不乱。是以圣人之治，虚其心，实其腹，弱其志，强其骨。常使民无知无欲，使夫智者不敢为也。为无为，则无不治。

第四章

　　道冲而用之或不盈。渊兮，似万物之宗；挫其锐，解其纷，和其光，同其尘。湛兮，似或存。吾不知谁之子，象帝之先。

第五章

　　天地不仁，以万物为刍狗，圣人不仁，以百姓为刍狗。天地之间，其犹橐（tuó）籥（yuè）乎！虚而不屈，动而愈出。多言数穷，不如守中。

第六章

　　谷神不死，是谓玄（xuán）牝（pìn）。玄牝之门，是谓天地根。绵绵若存，用之不勤。

第七章

　　天长地久。天地所以能长且久者，以其不自生，故能长生。是以圣人后其身而身先，外其身而身存。非以其无私邪？故能成其私。

第八章

上善若水。水善利万物而不争，处众人之所恶，故几于道。居善地，心善渊，与善仁，言善信，政善治，事善能，动善时。夫唯不争，故无尤。

第九章

持而盈之，不如其已。揣而锐之，不可长保。金玉满堂，莫之能守。富贵而骄，自遗其咎。功遂身退，天之道也。

第十章

载营魄抱一，能无离乎？专气致柔，能婴儿乎？涤除玄鉴，能无疵乎？爱民治国，能无为乎？天门开阖（hé），能为雌乎？明白四达，能无知乎？生之畜之，生而不有，为而不恃，长而不宰，是谓"玄德"。

第十一章

三十辐共一毂（gǔ），当其无，有车之用；埏（shān）埴（zhí）以为器，当其无，有器之用。凿户牖（yǒu）以为室，当其无，有室之用。故有之以为利，无之以为用。

第十二章

五色令人目盲；五音令人耳聋；五味令人口爽；驰骋畋（tián）猎，令人心发狂；难得之货，令人行妨。是以圣人为腹不为目，故去彼取此。

第十三章

宠辱若惊，贵大患若身。何谓宠辱若惊？宠为下，得之若惊，失之若惊，是谓宠辱若惊。何谓贵大患若身？吾所以有大患者，为吾有身。及吾无身，吾有何患？故贵以身为天下，若可寄天下；爱以身为天下，若可托天下。

第十四章

视之不见，名曰"夷"；听之不闻，名曰"希"；搏之不得，名曰"微"。此三者不可致诘，故混而为一。其上不皦（jiǎo），其下不昧。绳绳兮不可名，复归于无物。是谓无状之状，无象之象，是谓惚恍。迎之不见其首，随之不见其后。执古之道，以御今之有。能知古始，是谓道纪。

第十五章

古之善为士者，微妙玄通，深不可识。夫唯不可识，故强为之容：豫兮，若冬涉川；犹兮，若畏四邻；俨兮，其若客；涣兮，其若凌释；敦兮，其若朴；旷兮，其若谷；浑兮，其若浊。孰能浊以止，静之徐清？孰能安以久，动之徐生？保此道者，不欲盈。夫唯不盈，故能蔽而新成。

第十六章

致虚极，守静笃。万物并作，吾以观复。夫物芸芸，各复归其根。归根曰静，静曰复命。复命曰常，知常曰明。不知常，妄作凶。知常容，容乃公，公乃全，全乃天，天乃道，道乃久，没身不殆。

第十七章

太上，不知有之；其次，亲而誉之；其次，畏之；其次，侮之。信不足焉，有不信焉。悠兮，其贵言。功成事遂，百姓皆谓："我自然。"

第十八章

大道废，有仁义；六亲不和，有孝慈；国家昏乱，有忠臣。

第十九章

绝圣弃智，民利百倍；绝仁弃义，民复孝慈；绝巧弃利，盗贼无有。此三者以为文，不足。故令有所属：见素抱朴，少思寡欲。

第二十章

唯之与阿，相去几何？美之与恶，相去若何？人之所畏，不可不畏。荒兮，其未央哉！众人熙熙，如享太牢，如春登台；我独泊兮，其未兆；沌沌兮，如婴儿之未孩；儡(léi)儡兮，若无所归。众人皆有余，而我独若遗。我愚人之心也哉！俗人昭昭，我独昏昏。俗人察察，我独闷闷。澹兮，其若海，飂(liù)兮，若无止。众人皆有以，而我独顽且鄙。我独异于人，而贵食母。

第二十一章

孔德之容，惟道是从。道之为物，惟恍惟惚。惚兮恍兮，其中有象；恍兮惚兮，其中有物；窈兮冥兮，其中有精。其精甚真，其中有信。自今及古，其名不去，以阅众甫(fǔ)。吾何以知众甫之状哉？以此。

第二十二章

曲则全，枉则直，洼则盈，敝则新，少则得，多则惑。是以圣人执一为天下式。不自见，故明；不自是，故彰；不自伐，故有功；不自矜，故能长。夫唯不争，故天下莫能与之争。古之所谓"曲则全"者，岂虚言哉！诚全而归之。

第二十三章

希言自然。飘风不终朝，骤雨不终日。孰为此者？天地。天地尚不能久，而况于人乎？故从事于道者，同于道；德者，同于德；失者，同于失。同于德者，道亦德之；同于失者，道亦失之。信不足焉，有不信焉。

第二十四章

企者不立，跨者不行；自见者不明；自是者不彰；自伐者无功；自矜者不长。其在道也，曰：余食赘形。物或恶之，故有道者不处。

第二十五章

有物混成，先天地生。寂兮寥兮，独立不改，周行而不殆，可以为天下母。吾不知其名，强字之曰"道"，强为之名曰"大"。大曰逝，逝曰远，远曰反。故道大，天大，地大，人亦大。域中有四大，而人居其一焉。人法地，地法天，天法道，道法自然。

第二十六章

重为轻根，静为躁君。是以君子终日行不离辎（zī）重。虽有荣观，燕处超然，奈何万乘之主，而以身轻天下？轻则失根，躁则失君。

第二十七章

善行，无辙迹；善言，无瑕谪；善数，不用筹策；善闭，无关楗（jiàn）而不可开；善结，无绳约而不可解。是以圣人常善救人，故无弃人；常善救物，故无弃物。是谓袭明。故善人者，不善人之师；不善人者，善人之资。不贵其师，不爱其资，虽智大迷，是谓要妙。

第二十八章

知其雄，守其雌，为天下溪。为天下溪，常德不离。常德不离，复归于婴儿。知其白，守其黑，为天下式。为天下式，常德不忒，复归于无极。知其荣，守其辱，为天下谷。为天下谷，常德乃足，复归于朴。朴散则为器，圣人用之，则为官长，故大制不割。

第二十九章

将欲取天下而为之，吾见其不得已。天下神器，不可为也，不可执也。为者败之，执者失之。是以圣人无为，故无败，故无失。天物或行或随；或嘘或吹；或强或羸（léi）；或载或隳。是以圣人去甚、去奢、去泰。

第三十章

以道佐人主者，不以兵强天下。其事好还。师之所处，荆棘生焉。大军之后，必有凶年。善者果而已，不敢以取强。果而勿矜，果而勿伐，果而勿骄。果而不得已，果而勿强。物壮则老，是谓不道，不道早已。

第三十一章

夫兵者，不祥之器，物或恶之，故有道者不处。君子居则贵左，用兵则贵右。兵者不祥之器，非君子之器，不得已而用之，恬淡为上。胜而不美，而美之者，是乐杀人。夫乐杀人者，则不可得志于天下矣。吉事尚左，凶事尚右。偏将军居左，上将军居右，言以丧礼处之。杀人之众，以悲哀泣之，战胜以丧礼处之。

第三十二章

道常无名，朴。虽小，天下莫能臣。侯王若能守之，万物将自宾。天地相合，以降甘露，民莫之令而自均。始制有名，名亦既有，夫亦将知止，知止可以不殆。譬道之在天下，犹川谷之于江海。

第三十三章

知人者智，自知者明。胜人者有力，自胜者强。知足者富，强行者有志。不失其所者久，死而不亡者寿。

第三十四章

大道泛兮，其可左右。万物恃之以生而不辞，功成而不名有。衣养万物而不为主。常无欲，可名于小；万物归焉而不为主，可名为大。以其终不自为大，故能成其大。

第三十五章

执大象，天下往。往而不害，安平泰。乐与饵，过客止。道之出口，淡乎其无味，视之不足见，听之不足闻，用之不足既。

第三十六章

将欲歙（xī）之，必故张之；将欲弱之，必故强之；将欲废之，必故兴之；将欲取之，必固与之，是谓微明。柔弱胜刚强。鱼不可以脱于渊，国之利器不可以示人。

第三十七章

道常无为而无不为。侯王若能守之，万物将自化。化而欲作，吾将镇之以无名之朴。无名之朴，夫亦将无欲。不欲以静，天下将自正。

第三十八章

上德不德，是以有德；下德不失德，是以无德。上德无为而无以为；下德无为而有以为。上仁为之而无以为；上义为之而有以为。上礼为之而莫之应，则攘（rǎng）臂而扔之。故失道而后德，失德而后仁，失仁而后义，失义而后礼。夫礼者，忠信之薄，而乱之首。前识者，道之华，而愚之始。是以大丈夫处其厚，不居其薄；处其实，不居其华。故去彼取此。

第三十九章

昔之得一者：天得一以清；地得一以宁；神得一以灵；谷得一以盈；万物得一以生；侯王得一以为天下正。其致之一也，谓天无以清，将恐裂；地无以宁，将恐发；神无以灵，将恐歇；谷无以盈，将恐竭；万物无以生，将恐灭；侯王无以正，将恐蹶（jué）。故贵以贱为本，高以下为基。是以侯王自称孤、寡、不穀。此非以贱为本邪？非乎？故至誉无誉。是故不欲琭（lù）琭如玉，珞（luò）珞如石。

第四十章

反者道之动；弱者道之用。天下万物生于有，有生于无。

第四十一章

上士闻道，勤而行之；中士闻道，若存若亡；下士闻道，大笑之。不笑不足以为道。故建言有之：明道若昧，进道若退，夷道若纇，上德若谷，广德若不足，建德若偷，质真若渝，大白若辱，大方无隅，大器晚成，大音希声，大象无形，道隐无名。夫唯道，善贷且成。

第四十二章

道生一，一生二，二生三，三生万物。万物负阴而抱阳，冲气以为和。人之所恶，惟孤、寡、不穀，而王公以为称。故物或损之而益，或益之而损。人之所教，我亦教之。强梁者，不得其死，吾将以为教父。

第四十三章

天下之至柔，驰骋天下之至坚。无有入无间，吾是以知无为之有益。不言之教，无为之益，天下希及之。

第四十四章

名与身孰亲？身与货孰多？得与亡孰病？甚爱必大费；多藏必厚亡。故知足不辱，知止不殆，可以长久。

第四十五章

大成若缺，其用不弊。大盈若冲，其用不穷。大直若屈，大巧若拙，大辩若讷。躁胜寒，静胜热。清静为天下正。

第四十六章

天下有道，却走马以粪。天下无道，戎马生于郊。祸莫大于不知足；咎莫大于欲得。故知足之足，常足矣。

第四十七章

不出户，知天下；不窥牖，见天道。其出弥远，其知弥少。是以圣人不行而知，不见而明，不为而成。

第四十八章

为学日益，为道日损。损之又损，以至于无为。无为而无不为。取天下常以无事，及其有事，不足以取天下。

第四十九章

圣人常无心，以百姓心为心。善者，吾善之；不善者，吾亦善之；德善。信者，吾信之；不信者，吾亦信之；德信。圣人在天下，歙歙焉，为天下浑其心，百姓皆注其耳目，圣人皆孩之。

第五十章

出生入死。生之徒，十有三；死之徒，十有三；人之生，动之于死地，亦十有三。夫何故？以其生生之厚。盖闻善摄生者，陆行不遇兕（sì）虎，入军不被甲兵；兕无所投其角，虎无所用其爪，兵无所容其刃。夫何故？以其无死地。

第五十一章

道生之，德畜之，物形之，势成之。是以万物莫不尊道而贵德。道之尊，德之贵，夫莫之命而常自然。故道生之，德畜之；长之育之；亭之毒之；养之覆之。生而不有，为而不恃，长而不宰。是谓"玄德"。

第五十二章

天下有始，以为天下母。既得其母，以知其子，复守其母，没身不殆。塞其兑，闭其门，终身不勤。开其兑，济其事，终身不救。见小曰明，守柔曰强。用其光，复归其明，无遗身殃，是为袭常。

第五十三章

使我介然有知，行于大道，唯施是畏。大道甚夷，而人好径。朝甚除，田甚芜，仓甚虚；服文采，带利剑，厌饮食，财货有余。是谓盗夸。非道也哉！

第五十四章

善建者不拔，善抱者不脱，子孙以祭祀不辍。修之于身，其德乃真；修之于家，其德乃余；修之于乡，其德乃长；修之于邦，其德乃丰；修之于天下，其德乃普。故以身观身，以家观家，以乡观乡，以邦观邦，以天下观天下。吾何以知天下然哉？以此。

第五十五章

含德之厚，比于赤子。毒虫不螫，猛兽不据，攫（jué）鸟不搏。骨弱筋柔而握固。未知牝（pìn）牡（mǔ）之合而朘（zuī）作，精之至也。终日号而不嗄（shà），和之至也。知和曰常，知常曰明，益生曰祥。心使气曰强。物壮则老，谓之不道，不道早已。

第五十六章

知者不言，言者不知。塞其兑，闭其门，挫其锐，解其纷，和其光，同其尘，是谓"玄同"。故不可得而亲，不可得而疏；不可得而利，不可得而害；不可得而贵，不可得而贱。故为天下贵。

第五十七章

以正治国，以奇用兵，以无事取天下。吾何以知其然哉？以此：天下多忌讳，而民弥贫；民多利器，国家滋昏；人多伎（jì）巧，奇物滋起；法令滋彰，盗贼多有。故圣人云："我无为，而民自化；我好静，而民自正；我无事，而民自富；我无欲，而民自朴。"

第五十八章

其政闷闷，其民淳淳；其政察察，其民缺缺。祸兮，福之所倚；福兮，祸之所伏。孰知其极？其无正。正复为奇，善复为妖。人之迷，其日固久。是以圣人方而不割，廉而不刿（guì），直而不肆，光而不耀。

第五十九章

治人事天，莫若啬。夫为啬，是谓早服；早服谓之重积德；重积德则无不克；无不克则莫知其极；莫知其极，可以有国；有国之母，可以长久；是谓深根固柢（dǐ），长生久视之道。

第六十章

治大国，若烹小鲜。以道莅天下，其鬼不神；非其鬼不神，其神不伤人；非其神不伤人，圣人亦不伤人。夫两不相伤，故德交归焉。

第六十一章

大邦者下流，天下之牝（pìn），天下之交也。牝常以静胜牡，以静为下。故大邦以下小邦，则取小邦；小邦以下大邦，则取大邦。故或下以取，或下而取。大邦不过欲兼畜人，小邦不过欲入事人。夫两者各得所欲，大者宜为下。

第六十二章

道者万物之奥，善人之宝，不善人之所保。美言可以市尊，美行可以加人。人之不善，何弃之有？故立天子，置三公，虽有拱璧以先驷马，不如坐进此道。古之所以贵此道者何？不曰：以求得，有罪以免邪？故为天下贵。

第六十三章

为无为，事无事，味无味。大小多少。报怨以德。图难于其易，为大于其细。天下难事，必作于易，天下大事，必作于细。是以圣人终不为大，故能成其大。夫轻诺必寡信，多易必多难。是以圣人犹难之，故终无难矣。

第六十四章

其安易持，其未兆易谋；其脆易泮（pàn），其微易散。为之于未有，治之于未乱。合抱之木，生于毫末；九层之台，起于累土；千里之行，始于足下。为者败之，执者失之。是以圣人无为故无败，无执故无失。民之从事，常于几成而败之。慎终如始，则无败事。是以圣人欲不欲，不贵难得之货；学不学，复众人之所过，以辅万物之自然而不敢为。

第六十五章

古之善为道者，非以明民，将以愚之。民之难治，以其智多。故以智治国，国之贼；不以智治国，国之福。知此两者亦稽式。常知稽式，是谓"玄德"。"玄德"深矣，远矣，与物反矣，然后乃至大顺。

第六十六章

江海之所以能为百谷王者，以其善下之，故能为百谷王。是以圣人欲上民，必以言下之；欲先民，必以身后之。是以圣人处上而民不重，处前而民不害。是以天下乐推而不厌。以其不争，故天下莫能与之争。

第六十七章

天下皆谓我："'道'大，似不肖。"夫唯大，故似不肖。若肖，久矣其细也夫！我有三宝，持而保之：一曰慈，二曰俭，三曰不敢为天下先。慈故能勇；俭故能广；不敢为天下先，故能成器长。今舍慈且勇，舍俭且广，舍后且先，死矣！夫慈，以战则胜，以守则固。天将救之，以慈卫之。

第六十八章

善为士者，不武；善战者，不怒；善胜敌者，不与；善用人者，为之下。是谓不争之德，是谓用人，是谓配天古之极。

第六十九章

用兵有言："吾不敢为主，而为客；不敢进寸，而退尺。"是谓行无行；攘无臂；扔无敌；执无兵。祸莫大于轻敌，轻敌几丧吾宝。故抗兵相若，哀者胜矣。

第七十章

吾言甚易知，甚易行。天下莫能知，莫能行。言有宗，事有君。夫唯无知，是以不我知。知我者希，则我者贵。是以圣人被（pī）褐而怀玉。

第七十一章

知不知，上矣；不知知，病也。圣人不病，以其病病。夫唯病病，是以不病。

第七十二章

民不畏威，则大威至。无狎（xiá）其所居，无厌其所生。夫唯不厌，是以不厌。是以圣人自知不自见，自爱不自贵。故去彼取此。

第七十三章

勇于敢则杀，勇于不敢则活。此两者，或利或害。天之所恶，孰知其故？是以圣人犹难之。天之道，不争而善胜，不言而善应，不召而自来，繟（chǎn）然而善谋。天网恢恢，疏而不失。

第七十四章

民不畏死，奈何以死惧之？若使民常畏死，而为奇者，吾得执而杀之，孰敢？常有司杀者杀。夫代司杀者杀，是谓代大匠斫（zhuó）。夫代大匠斫者，希有不伤其手矣。

第七十五章

民之饥，以其上食税之多，是以饥。民之难治，以其上之有为，是以难治。民之轻死，以其上求生之厚，是以轻死。夫唯无以生为者，是贤于贵生。

第七十六章

人之生也柔弱，其死也坚强。草木之生也柔脆，其死也枯槁。故坚强者死之徒，柔弱者生之徒。是以兵强则灭，木强则折，强大处下，柔弱处上。

第七十七章

天之道，其犹张弓与？高者抑之，下者举之；有余者损之，不足者补之。天之道，损有余而补不足；人之道，则不然，损不足以奉有余。孰能有余以奉天下？唯有道者。是以圣人为而不恃，功成而不处。其不欲见贤。

第七十八章

天下莫柔弱于水，而攻坚强者，莫之能胜，以其无以易之。弱之胜强，柔之胜刚。天下莫不知，莫能行。是以圣人云："受国之垢，是谓社稷主；受国不祥，是为天下王。"正言若反。

第七十九章

和大怨，必有余怨；报怨以德，安可以为善？是以圣人执左契，不责于人。有德司契，无德司彻。天道无亲，常与善人。

第八十章

小国寡民。使有什伯之器而不用，使民重死而不远徙；虽有舟舆，无所乘之；虽有甲兵，无所陈之。使民复结绳而用之。甘其食，美其服，安其居，乐其俗。邻国相望，鸡犬之声相闻，民至老死，不相往来。

第八十一章

信言不美，美言不信。善者不辩，辩者不善。知者不博，博者不知。圣人不积，既以为人己愈有，既以与人己愈多。天之道，利而不害；人之道，为而不争。

孟子二则

生于忧患，死于安乐

舜发于畎亩之中[1]，傅说举于版筑之中[2]，胶鬲举于鱼盐之中[3]，管夷吾举于士[4]，孙叔敖举于海[5]，百里奚举于市[6]。

故天将降大任于斯人也[7]，必先苦其心志[8]，劳[9]其筋骨，饿其体肤[10]，空乏[11]其身，行拂乱其所为[12]，所以动心忍性[13]，曾益其所不能[14]。

人恒过[15]，然后能改；困于心[16]，衡于虑[17]，而后作[18]；征于色[19]，发于声[20]，而后喻[21]。入则无法家拂士[22]，出则无敌国外患者[23]，国恒亡[24]。然后知生于忧患[25]，而死于安乐也[26]。

[注释]

[1] 舜：姚姓，名重华。唐尧时耕于历山（在今山东济南东南，一说在今山西永济东南），"父顽，母嚚，弟傲，能和以孝"，尧帝使其入山林川泽，遇暴风雷雨，舜行不迷，于是传以天子之位。国名虞，史称虞舜。事迹见于《尚书·尧典》及《史记·五帝本纪》等。发：起，指任用。畎（quǎn）亩：田亩，此处意为耕田。畎，田间水渠。

[2] 傅说（fù yuè）：殷商时为胥靡（一种刑徒），筑于傅险（又作傅岩，在今山西平陆东）。商王武丁欲兴殷，梦得圣人，名曰说，视群臣皆非，使人求于野，得傅说。见武丁，武丁曰："是也。"与之语，果圣人，举以为相，殷国大治。遂以傅险为姓，名为傅说。事迹见于《史记·殷本纪》等。举：选拔。版筑：筑墙的时候在两块夹板中间放土，用杵捣土，使它坚实。筑，捣土用的杵。

[3] 胶鬲（gé）：商纣王大臣，与微子、箕子、王子比干同称贤人。鱼盐：此处意为在海边捕鱼晒盐。《史记》称燕在渤碣之间，有鱼盐之饶；齐带山海，多鱼盐。

[4] 管夷吾：管仲，颍上（今河南许昌）人，家贫困。辅佐齐国公子纠，公子纠未能即位，公子小白即位，是为齐桓公。齐桓公知其贤，释其囚，用以为相，尊称之为仲父。《史记·管晏列传》："管仲既用，任政于齐，齐桓公以霸。九合诸侯，一匡天下，管仲之谋也。"士：狱官。

[5] 孙叔敖（áo）：蒍姓，名敖，字孙叔，一字艾猎。春秋时为楚国令尹（宰相）。本为"期思之鄙人"，期思在今河南固始，偏僻之地称为鄙。海：海滨。

[6] 百里奚（xī）：又作百里傒。本为虞国大夫。晋国灭虞国，百里奚与虞国国君一起被俘至晋国。晋国嫁女于秦，百里奚被当作媵臣陪嫁到秦国。百里奚逃往楚国，行至宛（今河南南阳），为楚国边界之鄙人所执。秦穆公闻其贤，欲重赎之，恐楚人不与，乃使人谓楚曰："吾媵臣百里奚在焉，请以五羖羊皮赎之。"楚人于是与之。时百里奚年已七十余，至秦，秦穆公亲释其囚，与语国事三日，大悦。授以国政，号称"五羖大夫"。史称秦穆公用百里奚、蹇叔、由余为政，"开地千里，遂霸西戎"，成为"春秋五霸"之一。事迹见于《史记·秦本纪》。市：市井。

[7] 故：所以。任：责任，担子，使命。斯：代词，这，这些。也：助词，用在前半句的末尾，表示停顿一下，后半句将要加以解说。

[8] 必：一定。苦：动词的使动用法，使……苦恼。心志：意志。

[9] 劳：动词的使动用法，使……劳累。

[10] 饿：动词的使动用法，使……饥饿。体肤：肌肤。

[11] 空乏：形容词的使动用法，使……穷困。空，穷。乏，绝。

[12] 拂乱：形容词的使动用法，使……颠倒错乱。拂，违背，不顺。乱，错乱。所为：所行。

[13] 所以：用来（通过那样的途径来……）。动：动词的使动用法，使……惊动。忍：形容词的使动用法，使……坚韧。

[14] 曾：通"增"，增加。能：才干。

[15] 恒：常常，总是。过：过错，过失。

[16] 困于心：在内心里困惑。

[17] 衡于虑：思虑堵塞。衡，通"横"，梗塞，指不顺。

[18] 作：奋起，指有所作为。

[19] 征于色：面色上有征验，意为面容憔悴。征，征验，征兆。色，颜面，面色。赵岐《孟子注》："若屈原憔悴，渔父见而怪之。"《史记·屈原贾谊列传》："屈原至于江滨，被发行吟泽畔，颜色憔悴，形容枯槁。渔父见而问之曰：'子非三闾大夫与？何故而至此？'屈原曰：'举世混浊我独清，众人皆醉我独醒，是以见放。'"

[20] 发于声：言语上有抒发，意为言语愤激。赵岐《孟子注》："若宁戚商歌，桓公异之。"宁戚，春秋时卫国人。家贫，为人挽车。至齐，喂牛于车下，齐桓公夜出迎客，宁戚见之，疾击其牛角而商歌。歌曰："南山矸，白石烂，生不逢尧与舜禅。短布单衣适至骭，从昏饭牛薄夜半，长夜漫漫何时旦。"齐桓公召与语，悦之，以为大夫。

[21] 而后喻：然后人们才知晓他。喻，知晓，明白。

[22] 入：名词活用作状语，在国内。法家：坚守法度的大臣。拂（bì）士：足以辅佐君主的贤士。拂，通"弼"，辅佐。

[23] 出：名词活用作状语，在国外。敌国：实力相当、足以抗衡的国家。外患：来自国外的祸患。

[24] 恒：常常。亡：灭亡。

[25] 生于忧患：忧患使人生存发展。

[26] 死于安乐：安逸享乐使人萎靡死亡。

得道多助，失道寡助

天时不如地利，地利不如人和[1]。三里之城[2]，七里之郭[3]，环而攻之而不胜[4]。夫环而攻之[5]，必有得天时者矣[6]，然而不胜者，是天时不如地利也[7]。城非不高也[8]，池非不深也[9]，兵革非不坚利也[10]，米粟非不多也[11]，委而去之[12]，是[13]地利不如人和也。故[14]曰：域民不以封疆之界[15]，固国不以山溪之险[16]，威天下不以兵革之利[17]。得道者多助[18]，失道者寡助[19]。寡助之至[20]，亲戚畔[21]之；多助之至，天下顺[22]之。以天下之所顺[23]，攻亲戚[24]之所畔，故君子有[25]不战，战必胜[26]矣。

[注释]

[1] 天时：指有利于作战的时令、气候。地利：指有利于作战的地形。人和：指得人心，上下团结。

[2] 三里之城：方圆三里的内城。城，内城。

[3] 郭：外城。指在城外加筑的一道城墙。

[4] 环：包围。而：连词表转折。之：代这座城。

[5] 夫：句首发语词，不译。而：连词表递进。

[6] 天时：指有利于攻战的自然气候条件。

[7] 是：这。也：表判断语气。

[8] 城非不高也：城墙并不是不高啊。非，不是。

[9] 池：护城河。

[10] 兵革：泛指武器装备。兵，武器；革，甲胄，用以护身的盔甲之类。坚利：坚固精良。利，精良。

[11] 米粟（sù）：粮食。多：充足。

[12] 委：抛弃。而：然后。去：离开。之：代词，代"城"。

[13] 是：代词，这。

[14] 故：所以。

[15] 域：这里用作动词，是限制的意思。以：凭借。封疆之界：划定的边疆界线。封，划定。疆，疆界，边境。

[16] 固：使……巩固。国：国防。山溪：山河。险：险要的地理环境。

[17] 威：威服。以：凭借，依靠之意。兵革：本意是"兵器和铠甲"，比喻"武力、军事"。

[18] 得道者：实施"仁政"的君主。者，什么的人，此处特指君主。道，正义。下同。

[19] 失道者：不实施"仁政"的君主。寡：少。

[20] 之至：到达极点。之，意思是"到、到达"。至，意思是"极点"。

[21] 畔：通"叛"，背叛。

[22] 顺：归顺，服从。

[23] 以：凭借。之：主谓间取消句子独立性。

[24] 亲戚：内外亲属，包括父系亲属和母系亲属。

[25] 故：所以。有：要么，或者。

[26] 胜：取得胜利。

逍遥游（节选）

庄　周

北冥[1]有鱼，其名为鲲[2]。鲲之大，不知其几千里也。化而为鸟，其名为鹏[3]。鹏之背，不知其几千里也，怒[4]而飞，其翼若垂[5]天之云。是鸟也，海运则将徙于南冥[6]。南冥者，天池也[7]。《齐谐》[8]者，志怪者也[9]。《谐》之言曰："鹏之徙于南冥也，水击[10]三千里，抟扶摇而上者九万里[11]，去以六月息者也[12]。"野马也[13]，尘埃也[14]，生物之以息相吹也[15]。天之苍苍，其正色邪？其远而无所至极邪？其视下也，亦若是则已矣[16]。且夫水之积也不厚，则其负大舟也无力。覆杯水于坳堂之上[17]，则芥为之舟；置杯焉则胶[18]，水浅而舟大也。风之积也不厚，则其负大翼也无力。故九万里，则风斯[19]在下矣，而后乃今培风[20]；背负青天而莫之夭阏者，而后乃今将图南[21]。

蜩与学鸠笑之曰[22]："我决[23]起而飞，抢榆枋而止[24]，时则不至，而控[25]于地而已矣，奚以之九万里而南为[26]？"适莽苍者[27]，三餐而反[28]，腹犹果然[29]；适百里者宿舂粮[30]，适千里者，三月聚粮。之二虫[31]又何知？

小知不及大知[32]，小年不及大年。奚以知其然也？朝菌不知晦朔[33]，蟪蛄[34]不知春秋，此小年也。楚之南有冥灵者[35]，以五百岁为春，五百岁为秋。上古有大椿[36]者，以八千岁为春，八千岁为秋，此大年也。而彭祖乃今以久特闻[37]，众人匹之[38]，不亦悲乎！

汤之问棘也是已[39]："穷发之北有冥海者[40]，天池也。有鱼焉，其广数千里，未有知其修[41]者，其名为鲲。有鸟焉，其名为鹏。背若泰山[42]，翼若垂天之云。抟扶摇羊角[43]而上者九万里，绝[44]云气，负青天，然后图南，且适南冥也。斥鷃[45]笑之曰：'彼且奚适也？我腾跃而上，不过数仞[46]而下，翱翔蓬蒿之间，此亦飞之至[47]也。而彼且奚适也？'"此小大之辩也[48]。

故夫知效一官[49]，行比[50]一乡，德合一君，而征一国者[51]，其自视也亦若此矣。而宋荣子犹然笑之[52]。且举世誉之而不加劝[53]，举世非之而不加沮[54]，定乎内外之分[55]，辩乎荣辱之境[56]，斯已矣。彼其于世，未数数然[57]也。虽然，犹有未树也。夫列子御风而行[58]，泠然善也[59]。旬有五日[60]而后反。彼于致福[61]者，未数数然也。此虽免乎行，犹有所待者也[62]。若夫乘天地之正[63]，而御六气之辩[64]，以游无穷者，彼且恶乎待哉[65]？故曰：至人无己[66]，神人无功[67]，圣人无名[68]。

[注释]

[1] 冥：通"溟"，指海色深黑。"北冥"，北海。下文"南冥"，指南海。传说北海无边无际，水深而黑。

[2] 鲲（kūn）：传说中的大鱼。

[3] 之：用在主谓之间取消句子独立性。其：表推测。鹏：本为古"凤"字，这里指传说中的大鸟。

[4] 怒：奋起的样子，这里指鼓起翅膀。

[5] 垂：通"陲"，边际。

[6] 海运：海动。古有"六月海动"之说。海运之时必有大风，因此大鹏可以乘风南行。徙：迁移。

[7] 天池：天然形成的大海。

[8] 《齐谐》：书名。出于齐国，多载诙谐怪异之事，故名"齐谐"。一说人名。

[9] 志怪：记载怪异的事物。志，记载。

[10] 水击：指鹏鸟的翅膀拍击水面。击，拍打。

[11] 抟（tuán）：回旋而上。一作"搏"（bó），拍。扶摇：一种旋风，又名飙，由地面急剧盘旋而上的暴风。九：表虚数，不是实指。

[12] 去：离，这里指离开北海。"去以六月息者也"指大鹏飞行六个月才止息于南冥。一说息为大风，大鹏乘着六月间的大风飞往南冥。以，凭借。息，风。

[13] 野马：指游动的雾气。古人认为：春天万物生机萌发，大地之上游气奔涌如野马一般。

[14] 尘埃：扬在空中的土叫"尘"，细碎的尘粒叫"埃"。

[15] 生物：概指各种有生命的东西。息：这里指有生命的东西呼吸所产生的气息。相：互相。吹：吹拂。

[16] 苍苍：深蓝。其正色邪：或许是上天真正的颜色？其，抑，或许。正色，真正的颜色。邪，通"耶"，疑问语气词。极：尽。下：向下。亦：也。是：这样。已：罢了。

[17] 覆：倾倒。坳（ào）：凹陷不平，"坳堂"指堂中低凹处。

[18] 芥：小草。置杯焉则胶：将杯子放于其中则胶着搁浅。置，放。焉，于此。胶，指着地。

[19] 斯：则，就。

[20] 而后乃今："今而后乃"的倒文，意为"这样，然后才……"。培：凭。

[21] 莫之夭阏（yāo è）：无所滞碍。夭，挫折。阏，遏制，阻止。"莫之夭阏"即"莫夭阏之"的倒装。图南：计划向南飞。

[22] 蜩（tiáo）：蝉。学鸠：斑鸠之类的小鸟名。

[23] 决（xuè）：疾速的样子。

[24] 抢（qiāng）：触，碰，着落。"抢"也作"枪"。榆枋：两种树名。榆，榆树。枋，檀木。

[25] 控：投，落下。

［26］奚以：何以。之：去到。为：句末语气词，表反问，相当于"呢"。南：名词做动词，向南（飞行）。"奚以……为"，即"哪里用得着……呢"。

［27］适：去，往。莽苍：色彩朦胧，遥远不可辨析，本指郊野的颜色，这里引申为近郊。

［28］三餐：指一日。意思是只需一日之粮。反：通"返"，返回。

［29］犹：还。果然：吃饱的样子。

［30］宿：这里指一夜。宿舂粮：即舂宿粮，舂捣一宿的粮食。

［31］之：此，这。二虫：指蜩与学鸠。虫，有动物之意，可译为小动物。

［32］知（zhì）：通"智"，智慧。

［33］朝菌：一种朝生暮死的菌类植物。晦朔：晦，农历每月的最后一天，朔，农历每月的第一天。一说"晦"指月末，"朔"指月初。

［34］蟪蛄（huì gū）：寒蝉，春生夏死或夏生秋死。

［35］冥灵：大树名。一说为大龟名。根据前后用语结构的特点，此句之下当有"此中年也"一句，但传统本子均无此句。

［36］大椿：传说中的大树名。一说为巨大的香椿。

［37］彭祖：传说中尧的臣子，名铿，封于彭，活了约八百岁。乃今：而今。以：凭。特：独。闻：闻名于世。

［38］众人：一般人。匹：配，比。

［39］汤：商汤。棘：汤时的贤大夫，《列子·汤问》篇作"夏革（jí）"。已：矣。

［40］穷发：传说中极荒远的不生草木之地。发，指草木植被。

［41］修：长。

［42］泰山：在今山东泰安北。

［43］羊角：一种旋风，回旋向上如羊角状。

［44］绝：穿过。

［45］斥鷃（yàn）：池沼中的小雀。斥，池，小泽。

［46］仞：古代长度单位，周制为八尺，汉制为七尺；这里应从周制。

［47］至：极点。

［48］小大之辩：小和大的区别。辩，通"辨"，分辨，分别。

［49］效：效力，尽力。官：官职。

［50］行（xíng）：品行。比：合。

［51］合：使……满意。而：通"能"，能够。征：征服。

［52］宋荣子：一名宋钘（jiān），宋国人，战国时期的思想家。犹然：喜笑的样子。犹，通"繇"，喜。

［53］举：全。劝：勉励。

［54］非：责难，批评。沮（jǔ）：沮丧。

［55］定：认清。内外：这里分别指自身和身外之物。在庄子看来，自主的精神是内在的，荣誉和非难都是外在的，而只有自主的精神才是重要的、可贵的。

［56］境：界。

［57］数数（shuò）然：汲汲然，指急迫用世、谋求名利、拼命追求的样子。

［58］列子：郑国人，名叫列御寇，战国时代思想家。御：驾驭。

［59］泠（líng）然：轻妙飘然的样子。善：美好的。

［60］旬：十天。有：通"又"，用于连接整数与零数。

［61］致福：求福。

［62］虽：虽然。待：凭借，依靠。

［63］乘：遵循，凭借。天地：这里指万物，指整个自然界。正：本；这里指自然的本性。

［64］御六气之辩：驾驭六气的变化。御，驾驭、把握。六气，指阴、阳、风、雨、晦、明。辩：通"变"，变化的意思。

［65］彼：他。且：将要。恶（wū）：何，什么。

［66］至人：庄子认为修养最高的人。下文"神人""圣人"义相近。无己：清除外物与自我的界限，达到忘掉自己的境界，即物我不分。

［67］神人：这里指精神世界完全能超脱于物外的人。无功：无作为，故无功利。

［68］圣人：这里指思想修养臻于完美的人。无名：不追求名誉地位，不立名。

涉 江

屈 原

余幼好此奇服[1]兮，年既老而不衰[2]。

带长铗之陆离兮[3]，冠切云之崔嵬[4]。

被明月兮佩宝璐[5]。

世溷浊而莫余知[6]兮，吾方高驰而不顾[7]。

驾青虬兮骖白螭[8]，吾与重华游兮瑶之圃[9]。

登昆仑兮食玉英[10]，

与天地兮比寿，与日月兮齐光。

哀南夷之莫吾知兮[11]，旦余济乎江湘[12]。

乘鄂渚而反顾兮[13]，欸秋冬之绪风[14]。

步余马兮山皋[15]，邸余车兮方林[16]。

乘舲船余上沅兮[17]，齐吴榜以击汰[18]。

船容与而不进兮[19]，淹回水而疑滞[20]。

朝发枉陼兮[21]，夕宿辰阳[22]。

苟余心其端直兮[23]，虽僻远之何伤[24]。

入溆浦余儃佪兮[25]，迷不知吾所如[26]。

深林杳以冥冥兮[27]，乃猿狖之所居[28]。

山峻高以蔽日兮，下幽晦[29]以多雨。

霰雪纷其无垠兮[30]，云霏霏而承宇[31]。

哀吾生之无乐兮，幽独处乎山中。

吾不能变心以从俗兮，固将愁苦而终穷[32]。

接舆髡首兮[33]，桑扈臝行[34]。

忠不必用兮，贤不必以[35]。

伍子逢殃兮[36]，比干菹醢[37]。

与前世而皆然兮[38]，吾又何怨乎今之人？

余将董道而不豫兮[39]，固将重昏而终身[40]！

乱曰：鸾鸟凤皇[41]，日以远兮。

燕雀乌鹊[42]，巢堂坛兮[43]。

露申辛夷[44]，死林薄兮[45]。

腥臊并御[46]，芳不得薄兮[47]。

阴阳易位[48]，时不当[49]兮。

怀信侘傺[50]，忽[51]乎吾将行兮！

[注释]

[1] 奇服：奇伟的服饰，是用来象征自己与众不同的志向品行的。

[2] 衰：懈怠，衰减。

[3] 铗（jiá）：剑柄，这里代指剑。长铗即长剑。陆离：长貌。

[4] 切云：当时一种高帽子之名。崔嵬：高耸。

[5] 被：通"披"，戴着。明月：夜光珠。璐：美玉名。

[6] 莫余知：即"莫知余"，没有人理解我。

[7] 方：将要。高驰：远走高飞。顾：回头看。

[8] 虬（qiú）：无角的龙。骖：四马驾车，两边的马称为骖，这里指用螭来做骖马。螭（chī）：一种龙。

[9] 重华：帝舜的名字。瑶：美玉。圃：花园。"瑶之圃"指神话传说中天帝所居的盛产美玉的花园。

[10] 玉英：玉树之花。英，花朵。

[11] 南夷：指屈原流放的楚国南部的土著。夷，当时对周边落后民族的称呼，带有蔑视侮辱的意思。

[12] 旦：清晨。济：渡过。湘：湘江。

[13] 乘：登上。鄂渚：地名，在今湖北武昌西。反顾：回头看。

[14] 欸（āi）：叹息声。绪风：余风。

[15] 步余马：让我的马徐行。山皋：山冈。

[16] 邸（dǐ）：通"抵"，抵达，到。方林：地名。

[17] 舲（líng）船：有窗的小船。上：溯流而上。

[18] 齐：同时并举。吴：国名，也有人解为"大"。榜：船桨。汰（tài）：水波。

[19] 容与：缓慢，舒缓。

[20] 淹：停留。回水：回旋的水。这句是说船徘徊在回旋的水流中停滞不前。

[21] 枉陼：地名，在今湖南常德一带。陼（zhǔ），通"渚"。

[22] 辰阳：地名，在今湖南辰溪县西。

[23] 苟：如果。端：正。

[24] 伤：损害。这两句是说如果我的心是正直，即使流放在偏僻荒远的地方，对我又有什么伤害呢？

[25] 溆（xù）浦：溆水之滨。儃佪（chán huái）：徘徊。这两句是说进入溆浦之后，我徘徊犹豫，不知该去哪儿。

[26] 如：到，往。

[27] 杳：幽暗。冥冥：幽昧昏暗。

[28] 狖（yòu）：长尾猿。

[29] 幽晦：幽深阴暗。

[30] 霰（xiàn）：雪珠。纷：繁多。垠：边际。这句是说雪下得很大，一望无际。

[31] 霏霏：云气浓重的样子。承：弥漫。宇：天空。这句是说阴云密布，弥漫天空。

[32] 终穷：终生困厄。

[33] 接舆（yú）：春秋时楚国的隐士，佯狂傲世。髡（kūn）首：古代刑罚之一，即剃发。相传接舆自己剃去头发，避世不出仕。

[34] 桑扈（hù）：古代的隐士。臝（luǒ）：通"裸"。桑扈用裸体行走来表示自己的愤世嫉俗。

[35] 以：用。这两句是说忠臣贤士未必会为世所用。

[36] 伍子：伍子胥，春秋时吴国贤臣。逢殃：指伍子胥被吴王夫差杀害。

[37] 比干：商纣王时贤臣，因为直谏，被纣王杀死剖心。菹醢（zū hǎi）：古代的酷刑，将人踩成肉酱。

[38] 皆然：都一样。

[39] 董道：坚守正道。豫：犹豫，踟蹰。

[40] 重：重复。昏：暗昧。这句是说必定将终身看不到光明。

[41] 鸾鸟凤凰：都是祥瑞之鸟，比喻贤才。这两句是说贤者一天天远离朝廷。

[42] 燕雀乌鹊：比喻谄佞小人。

[43] 堂：殿堂。坛：祭坛。比喻小人挤满朝廷。

[44] 露申：一做"露甲"，即瑞香花。辛夷：一种香木，即木兰。

[45] 林薄：草木杂生的地方。

[46] 腥臊：恶臭之物，比喻谄佞之人。御：进用。

[47] 芳：芳洁之物，比喻忠直君子。薄：靠近。

[48] 阴阳易位：比喻楚国混乱颠倒的现实。

[49] 当：合。

[50] 怀信：怀抱忠信。佗傺（chà chì）：惆怅失意。

[51] 忽：恍惚，茫然。

木 兰 辞

唧唧复唧唧[1]，木兰当户[2]织。不闻机杼声[3]，惟[4]闻女叹息。

问女何[5]所思，问女何所忆[6]。女亦无所思，女亦无所忆。昨夜见军帖[7]，可汗[8]大点兵，军书十二卷[9]，卷卷有爷[10]名。阿爷无大儿，木兰无长兄，愿为市鞍马[11]，从此替爷征。

东市买骏马，西市买鞍鞯[12]，南市买辔头[13]，北市买长鞭。旦辞[14]爷娘去，暮宿黄河边，不闻爷娘唤女声，但闻黄河流水鸣溅溅[15]。旦辞黄河去，暮至黑山头，不闻爷娘唤女声，但闻[16]燕山胡骑[17]鸣啾啾[18]。

万里赴戎机[19]，关山度若飞[20]。朔气传金柝[21]，寒光照铁衣[22]。将军百战死，壮士十年归。

归来见天子，天子坐明堂[23]。策勋十二转[24]，赏赐百千强[25]。可汗问所欲[26]，木兰不用[27]尚书郎[28]，愿驰千里足[29]，送儿还故乡。

爷娘闻女来，出郭[30]相扶将[31]；阿姊[32]闻妹来，当户理[33]红妆[34]；小弟闻姊来，磨刀霍霍[35]向猪羊。开我东阁门，坐我西阁床，脱我战时袍，著[36]我旧时裳。当窗理云鬓[37]，对镜贴花黄[38]。出门看火伴，火伴皆惊忙：同行十二年，不知木兰是女郎。

雄兔脚扑朔，雌兔眼迷离[39]；双兔傍地走，安能辨我是雄雌[40]？

[注释]

　　[1] 唧唧（jī jī）：纺织机的声音。

　　[2] 当户（dāng hù）：对着门。

　　[3] 机杼（zhù）声：织布机发出的声音。机，指织布机。杼，织布的梭（suō）子。

　　[4] 惟：只。

　　[5] 何：什么。

　　[6] 忆：思念，惦记。

　　[7] 军帖（tiě）：征兵的文书。

　　[8] 可汗（kè hán）：古代西北地区民族对君主的称呼。

　　[9] 军书十二卷：征兵的名册很多卷。十二，表示很多，不是确指。下文的"十二转""十二年"，用法与此相同。

　　[10] 爷：和下文的"阿爷"一样，都指父亲。

　　[11] 愿为市鞍（ān）马：为，为此。市，买。鞍马，泛指马和马具。

　　[12] 鞯（jiān）：马鞍下的垫子。

　　[13] 辔（pèi）头：驾驭牲口用的嚼子、笼头和缰绳。

　　[14] 旦：早晨。辞：离开，辞行。

　　[15] 溅溅（jiān jiān）：水流激射的声音。

　　[16] 但闻：只听见。

　　[17] 胡骑（jì）：胡人的战马。胡，古代对北方少数民族的称呼。

　　[18] 啾啾（jiū jiū）：马叫的声音。

　　[19] 万里赴戎机：不远万里，奔赴战场。戎机，指战争。

　　[20] 关山度若飞：像飞一样地跨过一道道的关，越过一座座的山。度，越过。

　　[21] 朔（shuò）气传金柝：北方的寒气传送着打更的声音。朔，北方。金柝（tuò），即刁斗。古代军中用的一种铁锅，白天用来做饭，晚上用来报更。

　　[22] 寒光照铁衣：冰冷的月光照在将士们的铠甲上。

　　[23] 明堂：古代帝王宣明政教的地方，此处指宫殿。

［24］策勋十二转（zhuǎn）：记很大的功。策勋，记功。转，勋级每升一级叫一转，十二转为最高的勋级。十二转，不是确数，形容功劳极高。

［25］赏赐百千强（qiáng）：赏赐很多的财物。百千，形容数量多。强，有余。

［26］问所欲：问（木兰）想要什么。

［27］不用：不愿意做。

［28］尚书郎：尚书省的官。尚书省是古代朝廷中管理国家政事的机关。

［29］愿驰千里足：希望骑上千里马。

［30］郭：外城。

［31］扶：扶持。将：助词，不译。

［32］姊（zǐ）：姐姐。

［33］理：梳理。

［34］红妆：指女子的艳丽装束。

［35］霍霍（huò）：模拟磨刀的声音。

［36］著（zhuó）：通假字，通"着"，穿。

［37］云鬓（bìn）：像云那样的鬓发，形容好看的头发。

［38］花黄：古代妇女的一种面部装饰物。

［39］雄兔脚扑朔，雌兔眼迷离：据说，提着兔子的耳朵悬在半空时，雄兔两只前脚时时动弹，雌兔两只眼睛时常眯着，所以容易辨认。扑朔，形容雄兔脚毛蓬松。迷离，眯着眼。

［40］双兔傍地走，安能辨我是雄雌：两只兔子贴着地面跑，怎能辨别哪个是雄兔，哪个是雌兔呢？

送杜少府之任蜀州[1]

王 勃

城阙辅三秦[2]，风烟望五津[3]。

与君[4]离别意，同是宦游人[5]。

海内存知己[6]，天涯若比邻[7]。

无为在歧路[8]，儿女共沾巾[9]。

[注释]

[1] 少府：官名。之：到、往。蜀州：今四川崇州。

[2] 城阙（què）辅三秦：城阙，即城楼，指唐代京师长安城。辅，护卫。三秦，指长安城附近的关中之地，即今陕西省潼关以西一带。秦朝末年，项羽破秦，把关中分为三区，分别封给三个秦国的降将，所以称"三秦"。这句是倒装句，意思是京师长安以三秦做保护。辅三秦，一作"俯西秦"。

[3] 风烟望五津："风烟"两字名词用作状语，表示行为的处所。全句意为江边因远望而显得迷茫如啼眼，是说在风烟迷茫之中，遥望蜀州。五津，指岷江的五个渡口，白华津、万里津、江首津、涉头津、江南津。这里泛指蜀川。

[4] 君：对人的尊称，相当于"您"。

[5] 同：一作"俱"。宦（huàn）游：出外做官。

[6] 海内：四海之内，即全国各地。古代人认为我国疆土四周环海，所以称天下为四海之内。

[7] 天涯：天边，这里比喻极远的地方。比邻：并邻，近邻。

[8] 无为：无须、不必。歧（qí）路：岔路。古人送行常在大路分岔处告别。

[9] 沾巾：泪水沾湿手巾。意思是挥泪告别。

别董大二首

高 适

其一

千里黄云[1]白日曛，北风吹雁雪纷纷。

莫愁前路无知己，天下谁人[2]不识君。

其二

六翮[3]飘飖私自怜，一离京洛十余年。

丈夫贫贱应未足，今日相逢无酒钱。

[注释]

[1] 黄云：天上的乌云。

[2] 谁人：哪个人。

[3] 翮（hé）：鸟的羽翼。

送元二使安西[1]

王　维

渭城朝雨浥轻尘[2]，

客舍青青柳色新[3]。

劝君更尽一杯酒，

西出阳关无故人[4]。

[注释]

[1] 元二：姓元，排行第二，作者的朋友。使：出使。

[2] 渭城：在今陕西省西安市西北，即秦代咸阳古城。浥（yì）：润湿。

[3] 客舍：旅馆。柳色：柳树象征离别。

[4] 阳关：在今甘肃省敦煌西南，为自古赴西北边疆的要道。

渭川田家[1]

王　维

斜光照墟落[2]，穷巷[3]牛羊归。

野老念牧童[4]，倚杖候荆扉[5]。

雉雊[6]麦苗秀，蚕眠[7]桑叶稀。

田夫荷锄立[8]，相见语依依。

即此[9]羡闲逸，怅然吟式微[10]。

[注释]

[1] 渭川：一作"渭水"。渭水源于甘肃鸟鼠山，经陕西，流入黄河。田家：农家。

[2] 墟落：村庄。

[3] 穷巷：深巷。

[4] 野老：村野老人。牧童：一作"僮仆"。

[5] 倚杖：靠着拐杖。荆扉：柴门。

[6] 雉雊（zhì gòu）：野鸡鸣叫。《诗经·小雅·小弁》："雉之朝雊，尚求其雌。"

[7] 蚕眠：蚕蜕皮时，不食不动，像睡眠一样。

[8] 荷（hè）：肩负的意思。

[9] 即此：指上面所说的情景。

[10] 式微：《诗经》篇名，其中有"式微，式微，胡不归"之句，表归隐之意。

行路难·其一[1]

李 白

金樽清酒斗十千，玉盘珍羞直万钱[2]。

停杯投箸不能食，拔剑四顾心茫然[3]。

欲渡黄河冰塞川，将登太行[4]雪满山。

闲来垂钓碧溪上，忽复乘舟梦日边[5]。

行路难！行路难！多歧路，今安在[6]？

长风破浪会有时[7]，直挂云帆济沧海[8]。

[注释]

[1] 行路难：选自《李白集校注》，乐府旧题。

[2] 金樽（zūn）：古代盛酒的器具，以金为饰。清酒：清醇的美酒。斗十千：一斗值十千钱（即万钱），形容酒美价高。玉盘：精美的食具。珍羞：珍贵的菜肴。羞，通"馐"，美味的食物。直：通"值"，价值。

[3] 投箸：丢下筷子。箸（zhù），筷子。不能食：咽不下。茫然：无所适从。

[4] 太行：太行山。

[5] 闲来垂钓碧溪上，忽复乘舟梦日边：这两句暗用典故：姜太公吕尚曾在渭水的磻溪上钓鱼，得遇周文王，助周灭商；伊尹曾梦见自己乘船从日月旁边经过，后被商汤聘请，助商灭夏。这两句表示诗人自己对从政仍有所期待。碧，一作"坐"。忽复，忽然又。

[6] 多歧路，今安在：岔道这么多，如今身在何处？歧，一作"岐"，岔路。安，哪里。

[7] 长风破浪：比喻实现政治理想。据《宋书·宗悫传》载：宗悫少年时，叔父宗炳问他的志向，他说："愿乘长风破万里浪。"会：当。

[8] 云帆：高高的船帆。船在海里航行，因天水相连，船帆好像出没在云雾之中。济：渡。

茅屋为秋风所破歌

杜　甫

八月秋高风怒号[1]，卷我屋上三重茅[2]。

茅飞渡江洒江郊，高者挂罥长林梢[3]，下者飘转沉塘坳[4]。

南村群童欺我老无力，忍能对面为盗贼[5]。

公然抱茅入竹去[6]，唇焦口燥呼不得[7]，归来倚杖自叹息。

俄顷[8]风定云墨色，秋天漠漠向昏黑[9]。

布衾[10]多年冷似铁，娇儿恶卧踏里裂[11]。

床头屋漏无干处[12]，雨脚如麻[13]未断绝。

自经丧乱少睡眠[14]，长夜沾湿何由彻[15]？

安得广厦千万间[16]，大庇天下寒士俱欢颜[17]，风雨不动安如山。

呜呼[18]！何时眼前突兀见此屋[19]，吾庐独破受冻死亦足[20]！

[注释]

[1] 秋高：秋深。怒号（háo）：大声吼叫。

[2] 三重（chóng）茅：几层茅草。三，泛指多。

[3] 挂罥（juàn）：挂着，挂住。罥，挂。长（cháng）：高。

[4] 塘坳（ào）：低洼积水的地方（即池塘）。塘，一作"堂"。坳，水边低地。

[5] 忍能对面为盗贼：竟忍心这样当面做"贼"。忍能，忍心如此。对面，当面。为，做。

[6] 入竹去：进入竹林。

[7] 呼不得：喝止不住。

[8] 俄顷（qǐng）：不久，一会儿，顷刻之间。

[9] 秋天漠漠向昏黑（古音念 hè）：指秋季的天空阴沉迷蒙，渐渐黑了下来。

[10] 布衾（qīn）：布质的被子。衾，被子。

[11] 娇儿恶卧踏里裂：孩子睡相不好，把被里都蹬坏了。恶卧，睡相不好。裂，使动用法，使……裂。

[12] 床头屋漏无干处：意思是，整个房子都没有干的地方了。屋漏，根据《辞源》释义，指房子西北角，古人在此开天窗，阳光便从此处照射进来。"床头屋漏"，泛指整个屋子。

[13] 雨脚如麻：形容雨点不间断，像下垂的麻线一样密集。雨脚，雨点。

[14] 丧（sāng）乱：战乱，指安史之乱。

[15] 沾湿：潮湿不干。何由彻：如何才能挨到天亮。彻，彻晓。

[16] 安得：如何能得到。广厦（shà）：宽敞的大屋。

[17] 大庇（bì）：全部遮盖、掩护起来。庇，遮盖，掩护。寒士："士"原指士人，即文化人，但此处是泛指贫寒的士人们。俱：都。欢颜：喜笑颜开。

[18] 呜呼：书面感叹词，表示叹息，相当于"唉"。

[19] 突兀（wù）：高耸的样子，这里用来形容广厦。见（xiàn）：通"现"，出现。

[20] 庐：茅屋。亦：一作"意"。足：值得。

雨霖铃

柳 永

寒蝉凄切[1]，对长亭[2]晚，骤雨初歇[3]。

都门[4]帐饮[5]无绪[6]，留恋处，兰舟[7]催发。

执手相看泪眼,竟无语凝噎[8]。

念去去[9],千里烟波,暮霭沉沉楚天阔[10]。

多情自古伤离别,更那堪,冷落清秋节!

今宵[11]酒醒何处?

杨柳岸,晓风残月。

此去经年[12],应是良辰好景虚设。

便纵有千种风情[13],更[14]与何人说?

[注释]

[1] 凄切:凄凉急促。

[2] 长亭:古代在交通要道边每隔十里修建一座长亭供行人休息,又称"十里长亭"。靠近城市的长亭往往是古人送别的地方。

[3] 骤雨:急猛的阵雨。

[4] 都门:国都之门。这里代指北宋的首都汴京(今河南开封)。

[5] 帐饮:在郊外设帐饯行。

[6] 无绪:没有情绪。

[7] 兰舟:古代传说鲁班曾刻木兰树为舟(南朝梁·任昉《述异记》)。这里用作对船的美称。

[8] 凝噎:喉咙哽塞,欲语不出的样子。

[9] 去去:重复"去"字,表示行程遥远。

[10] 暮霭沉沉楚天阔:傍晚的云雾笼罩着南天,深厚广阔,不知尽头。暮霭,傍晚的云雾。沉沉,深厚的样子。楚天,指南方楚地的天空。

[11] 今宵:今夜。

[12] 经年:年复一年。

[13] 纵:即使。风情:情意。男女相爱之情,深情蜜意。情,一作"流"。

[14] 更:一作"待"。

念奴娇·赤壁怀古[1]

苏 轼

大江[2]东去，浪淘[3]尽，千古风流人物[4]。

故垒[5]西边，人道是，三国周郎[6]赤壁。

乱石穿空，惊涛拍岸，卷起千堆雪[7]。

江山如画，一时多少豪杰。

遥想[8]公瑾当年，小乔初嫁了[9]，雄姿英发[10]。

羽扇纶巾[11]，谈笑间，樯橹[12]灰飞烟灭。

故国神游[13]，多情应笑我，早生华发[14]。

人生如梦，一尊还酹江月[15]。

[注释]

[1] 念奴娇：词牌名。又名"百字令""酹江月"等。赤壁：此指黄州赤壁，一名"赤鼻矶"，在今湖北黄冈西。而三国古战场的赤壁，文化界认为在今湖北赤壁市蒲圻县西北。

[2] 大江：指长江。

[3] 淘：冲洗，冲刷。

[4] 风流人物：指杰出的历史名人。

[5] 故垒：过去遗留下来的营垒。

[6] 周郎：指三国时吴国名将周瑜，字公瑾，少年得志，二十四为中郎将，掌管东吴重兵，吴中皆呼为"周郎"。下文中的"公瑾"，即指周瑜。

[7] 雪：比喻浪花。

[8] 遥想：形容想得很远；回忆。

[9] 小乔初嫁了（liǎo）：《三国志·吴志·周瑜传》载，周瑜从孙策攻皖，"得桥公两女，皆国色也。策自纳大桥，瑜纳小桥。"乔，本作"桥"。其时距赤壁之战已经十年，此处言"初嫁"，是言其少年得意，倜傥风流。

[10] 雄姿英发（fā）：谓周瑜体貌不凡，言谈卓绝。英发，谈吐不凡，见识卓越。

[11] 羽扇纶（guān）巾：古代儒将的便装打扮。羽扇，羽毛制成的扇子。纶巾，青丝制成的头巾。

[12] 樯橹（qiáng lǔ）：这里代指曹操的水军战船。樯，挂帆的桅杆。橹，一种摇船的桨。"樯橹"一作"强虏"，又作"樯虏"，又作"狂虏"。《宋集珍本丛刊》之《东坡乐府》，元延祐刻本，作"强虏"。延祐本原藏杨氏海源阁，历经季振宜、顾广圻、黄丕烈等名家收藏，卷首有黄丕烈题辞，述其源流甚详，实今传各版之祖。

[13] 故国神游："神游故国"的倒文。故国，这里指旧地，当年的赤壁战场。神游，于想象、梦境中游历。

[14] "多情"二句："应笑我多情，早生华发"的倒文。华发（fà）：花白的头发。

[15] 一尊还（huán）酹（lèi）江月：古人祭奠以酒浇在地上祭奠。这里指洒酒酬月，寄托自己的感情。尊，通"樽"，酒杯。

水调歌头·明月几时有

苏　轼

丙辰[1]中秋，欢饮达旦[2]，大醉，作此篇，兼怀子由[3]。

明月几时有？把酒[4]问青天。
不知天上宫阙[5]，今夕是何年。
我欲乘风归去[6]，又恐琼楼玉宇[7]，高处不胜寒[8]。
起舞弄清影[9]，何似[10]在人间？

转朱阁，低绮户，照无眠[11]。
不应有恨，何事长向别时圆[12]？
人有悲欢离合，月有阴晴圆缺，此事[13]古难全。
但[14]愿人长久，千里共婵娟[15]。

[注释]

[1] 丙辰：指公元1076年（宋神宗熙宁九年）。这一年苏轼在密州（今山东省诸城市）任太守。

[2] 达旦：到天亮。

[3] 子由：苏轼的弟弟苏辙的字。

[4] 把酒：端起酒杯。把，执、持。

[5] 天上宫阙：指月中宫殿。阙，古代城墙后的石台。

[6] 归去：回去，这里指回到月宫里去。

[7] 琼（qióng）楼玉宇：美玉砌成的楼宇，指想象中的仙宫。

[8] 不胜（shèng，旧时读shēng）：经受不住。胜，承担、承受。

[9] 弄清影：意思是月光下的身影也跟着做出各种舞姿。弄，赏玩。

[10] 何似：何如，哪里比得上。

[11] 转朱阁，低绮（qǐ）户，照无眠：月儿移动，转过了朱红色的楼阁，低低地挂在雕花的窗户上，照着没有睡意的人（指诗人自己）。朱阁，朱红的华丽楼阁。绮户，雕饰华丽的门窗。

[12] 不应有恨，何事长（cháng）向别时圆：（月儿）不该（对人们）有什么怨恨吧，为什么偏在人们分离时圆呢？何事，为什么。

[13] 此事：指人的"欢""合"和月的"晴""圆"。

[14] 但：只。

[15] 千里共婵（chán）娟（juān）：只希望两人年年平安，虽然相隔千里，也能一起欣赏这美好的月光。共，一起欣赏。婵娟，指月亮。

满江红

岳　飞

怒发冲冠[1]，凭栏处、潇潇[2]雨歇。

抬望眼，仰天长啸[3]，壮怀激烈。

三十功名尘与土[4]，八千里路云和月[5]。

莫等闲[6]，白了少年头，空悲切！

靖康耻[7]，犹未雪。

臣子恨，何时灭！

驾长车，踏破贺兰山[8]缺。

壮志饥餐胡虏肉，笑谈渴饮匈奴血。

待从头、收拾旧山河，朝天阙[9]。

[注释]

[1] 怒发冲冠：气得头发竖起，以至于将帽子顶起。形容愤怒至极。冠，指帽子。

[2] 潇潇：形容雨势急骤。

[3] 长啸：感情激动时撮口发出清而长的声音，为古人的一种抒情举动。

[4] 三十功名尘与土：年已三十，建立了一些功名，不过很微不足道。

[5] 八千里路云和月：形容南征北战、路途遥远、披星戴月。

[6] 等闲：轻易，随便。

[7] 靖康耻：宋钦宗靖康二年（1127年），金兵攻陷汴京，掳走徽、钦二帝。

[8] 贺兰山：贺兰山脉位于宁夏回族自治区与内蒙古自治区交界处。

[9] 朝天阙：朝见皇帝。天阙，本指宫殿前的楼观，此指皇帝生活的地方。

正气歌

文天祥

天地有正气，杂然赋流形[1]。

下则为河岳，上则为日星[2]。

于人曰浩然，沛乎塞苍冥[3]。

皇路当清夷[4]，含和吐[5]明庭。

时穷节乃见[6]，一一垂丹青[7]。

在齐太史简[8]，在晋董狐笔[9]。

在秦张良椎[10]，在汉苏武节[11]。

为严将军头[12]，为嵇侍中血[13]。

为张睢阳齿[14]，为颜常山舌[15]。

或为辽东帽[16]，清操厉冰雪[17]。

或为出师表[18]，鬼神泣壮烈[19]。

或为渡江楫[20]，慷慨吞胡羯[21]。

或为击贼笏[22]，逆竖头破裂[23]。

是气所磅礴[24]，凛烈[25]万古存。

当其贯日月，生死安足论[26]。

地维赖以立，天柱赖以尊[27]。

三纲实系命[28]，道义为之根[29]。

嗟予遘阳九[30]，隶也实不力[31]。

楚囚缨其冠[32]，传车送穷北[33]。

鼎镬甘如饴[34]，求之不可得。

阴房阒鬼火[35]，春院闷天黑[36]。

牛骥同一皂，鸡栖凤凰食[37]。

一朝蒙雾露[38]，分作沟中瘠[39]。

如此再寒暑[40]，百沴自辟易[41]。

嗟哉沮洳场[42]，为我安乐国。

岂有他缪巧，阴阳不能贼[43]。

顾此耿耿在[44]，仰视浮云白[45]。

悠悠我心悲，苍天曷有极[46]。

哲人日已远[47]，典刑在夙昔[48]。

风檐展书读[49]，古道照颜色[50]。

[注释]

［1］"天地有正气"两句：天地之间充满正气，它赋予各种事物以不同形态。这类观点明显有唯心色彩，但作者主要用以强调人的节操。杂然，纷繁，多样。

[2]"下则为河岳"两句：是说地上的山岳河流，天上的日月星辰，都是由正气形成的。

[3]"于人曰浩然"两句：赋予人的正气叫浩然之气，它充满天地之间。沛乎，旺盛的样子。苍冥，天地之间。

[4]皇路：国运，国家的局势。清夷：清平，太平。

[5]吐：表露。

[6]见：通"现"，表现，显露。

[7]垂丹青：见于画册，传之后世。垂，留存，流传。丹青，图画，古代帝王常把有功之臣的肖像和事迹叫画工画出来。

[8]太史：史官。简：古代用以写字的竹片。《左传·襄公二十五年》载：春秋时，齐国大夫崔杼把国君杀了，齐国的太史在史册中写道"崔杼弑其君"。崔杼怒，把太史杀了。太史的两个弟弟继续写，都被杀，第三个弟弟仍这样写，崔杼没有办法，只好让他写在史册中。

[9]在晋董狐笔：《左传·宣公二年》载，春秋时，晋灵公被赵穿杀死，晋大夫赵盾没有处置赵穿，太史董狐在史册上写道："赵盾弑其君。"孔子称赞这样写是"良史"笔法。

[10]张良椎：《史记·留侯传》载，张良祖上五代人都做韩国的丞相，韩国被秦始皇灭掉后，他一心要替韩国报仇，找到一个大力士，持一百二十斤的大椎，在博浪沙（今河南省新乡县南）伏击出巡的秦始皇，未击中。后来张良辅佐刘邦建立汉朝，封留侯。

[11]苏武节：《汉书·李广苏建传》载，汉武帝时，苏武出使匈奴，匈奴人要他投降，他坚决拒绝，被流放到北海（今西伯利亚贝加尔湖）边牧羊。为了表示对祖国的忠诚，他一天到晚拿着从汉朝带去的符节，牧羊十九年，始终坚贞不屈，后来终于回到汉朝。

[12]严将军：《三国志·蜀志·张飞传》载，严颜在刘璋手下做将军，镇守巴郡，被张飞捉住，要他投降，他回答说："我州但有断头将军，无降将军！"张飞见其威武不屈，把他释放了。

[13]嵇侍中：嵇绍，嵇康之子，晋惠帝时做侍中（官名）。《晋书·嵇绍传》载，晋惠帝永兴元年（304年），皇室内乱，惠帝的侍卫都被打垮了，嵇绍用自己的身体遮住惠帝，被杀死，血溅到惠帝的衣服上。战争结束后，有人要洗去惠帝衣服上的血，惠帝说：

"此嵇侍中血，勿去！"

[14] 张睢阳：即唐朝的张巡。《旧唐书·张巡传》载，安禄山叛乱，张巡固守睢阳（今河南省商丘市），每次上阵督战，大声呼喊，牙齿都咬碎了。城破被俘，拒不投降，敌将问他："闻君每战，皆目裂，嚼齿皆碎，何至此耶？"张巡回答说："吾欲气吞逆贼，但力不遂耳。"敌将视其齿，存者不过三数。

[15] 颜常山：即唐朝的颜杲卿，任常山太守。《新唐书·颜杲卿传》载，安禄山叛乱时，他起兵讨伐，后城破被俘，当面大骂安禄山，被钩断舌头，仍不屈，被杀死。

[16] 辽东帽：东汉末年的管宁有高节，是在野的名士，避乱居辽东（今辽宁省辽阳市），一再拒绝朝廷的征召，他常戴一顶黑色帽子，安贫讲学，闻名于世。

[17] 清操厉冰雪：是说管宁严格奉守清廉的节操，凛如冰雪。厉，严肃，严厉。

[18] 出师表：诸葛亮出师伐魏之前，上表给蜀汉后主刘禅，表明自己为统一事业奋斗到底的决心。表文中有"鞠躬尽力，死而后已"的名言。

[19] 鬼神泣壮烈：鬼神也被诸葛亮的壮烈精神感动得流泪。

[20] 渡江楫：东晋爱国志士祖逖率兵北伐，渡长江时，敲着船桨发誓北定中原，后来终于收复黄河以南失地。楫，船桨。

[21] 胡羯：古代对北方少数民族的称呼。过去史书上曾称匈奴、鲜卑、羯、氐、羌为五胡。这句是形容祖逖的豪壮气概。

[22] 击贼笏：唐德宗时，朱泚谋反，召段秀实议事，段秀实不肯同流合污，以笏猛击朱泚的头，大骂："狂贼，吾恨不斩汝万段，岂从汝反耶？"笏，古代大臣朝见皇帝时所持的手板。

[23] 逆竖：叛乱的贼子，指朱泚。

[24] 是气：这种"浩然之气"。磅礴：充塞。

[25] 凛烈：庄严、令人敬畏的样子。

[26] "当其贯日月"两句：当正气激昂起来直冲日月的时候，个人的生死还有什么值得计较的。

[27] "地维赖以立"两句：是说地和天都依靠正气支撑着。地维，古代人认为地是方的，四角有四根支柱撑着。天柱，古代传说，昆仑山有铜柱，高入云天，称为天柱，又说天有八山为柱。

[28] 三纲实系命：是说三纲实际系命于正气，即靠正气支撑着。

[29] 道义为之根：道义以正气为根本。

[30] 嗟：感叹词。遘：遭逢，遇到。阳九：即百六阳九，古人用以指灾难年头，此指国势的危亡。

[31] 隶也实不力：是说我实在无力改变这种危亡的国势。隶，地位低的官吏，此为作者谦称。

[32] 楚囚缨其冠：《左传·成公九年》载，春秋时被俘往晋国的楚国俘虏钟仪戴着一种楚国帽子，表示不忘祖国，被拘囚着，晋侯问是什么人，旁边人回答说是"楚囚"。这里作者是说，自己被拘囚着，把从江南戴来的帽子的带系紧，表示虽为囚徒仍不忘宋朝。

[33] 传车：官办交通站的车辆。穷北：极远的北方。

[34] 鼎镬甘如饴：身受鼎镬那样的酷刑，也感到像吃糖一样甜，表示不怕牺牲。鼎镬，大锅。古代一种酷刑，把人放在鼎镬里活活煮死。

[35] 阴房阗鬼火：囚室阴暗寂静，只有鬼火出没。杜甫《玉华宫》诗："阴房鬼火青。"阴房，见不到阳光的居处，此指囚房。阗，充满，填空。

[36] 春院閟天黑：虽在春天里，院门关得紧紧的，照样是一片漆黑。杜甫《大云寺赞公房》诗："天黑閟春院。"閟（bì）：关闭。

[37] "牛骥同一皂"两句：牛和骏马同槽，鸡和凤凰共处，比喻贤愚不分，杰出的人和平庸的人都关在一起。骥，良马。皂，马槽。鸡栖，鸡窝。

[38] 一朝蒙雾露：一旦受雾露风寒所侵。蒙，受。

[39] 分作沟中瘠：料到自己一定成为沟中的枯骨。分，料，估量。沟中瘠，弃于沟中的枯骨。《说苑》："死则不免为沟中之瘠。"

[40] 如此再寒暑：在这种环境里过了两年了。

[41] 百沴自辟易：各种致病的恶气都自行退避了。这是说没有生病。

[42] 沮洳场：低下阴湿的地方。

[43] "岂有他缪巧"两句：哪有什么妙法奇术，使得寒暑都不能伤害自己？缪（miù）巧，智谋，机巧。贼，害。

[44] 顾此耿耿在：只因心中充满正气。顾，但，表示意思有转折的连接词。此，指

正气。耿耿,光明貌。

[45] 仰视浮云白:对富贵不屑一顾,视若浮云。《论语·述而》:"不义而富且贵,于我如浮云。"

[46] "悠悠我心悲"两句:我心中亡国之痛的忧思,像苍天一样,哪有尽头。曷,何,哪。极,尽头。

[47] 哲人日以远:古代的圣贤一天比一天远了。哲人,贤明杰出的人物,指上面列举的古人。

[48] 典刑:榜样,模范。夙昔:从前,过去。

[49] 风檐展书读:在临风的廊檐下展开史册阅读。

[50] 古道照颜色:古代传统的美德,闪耀在面前。

天净沙·秋思

马致远

枯藤老树昏鸦[1],
小桥流水人家[2],
古道西风瘦马[3]。
夕阳西下,
断肠人[4]在天涯[5]。

[注释]

[1] 枯藤:枯萎的枝蔓。昏鸦:黄昏时归巢的乌鸦。昏,傍晚。

[2] 人家:农家。此句写出了诗人对温馨的家庭的渴望。

[3] 古道:已经废弃不堪再用的古老驿道(路)或年代久远的驿道。西风:寒冷、萧瑟的秋风。瘦马:骨瘦如柴的马。

[4] 断肠人:形容伤心悲痛到极点的人,此指漂泊天涯、极度忧伤的旅人。

[5] 天涯:远离家乡的地方。

再别康桥

徐志摩

轻轻的我走了,
正如我轻轻的来;
我轻轻的招手,
作别西天的云彩。

那河畔的金柳,
是夕阳中的新娘;
波光里的艳影,
在我的心头荡漾。

软泥上的青荇[1],
油油的在水底招摇[2];
在康河的柔波里,
我甘心做一条水草!

那榆荫下的一潭,
不是清泉,是天上虹;
揉碎在浮藻间,
沉淀着彩虹似的梦。

寻梦?撑一支长篙[3],
向青草更青处漫溯[4];
满载一船星辉,
在星辉斑斓里放歌。

但我不能放歌，

悄悄是别离的笙箫；

夏虫也为我沉默，

沉默是今晚的康桥！

悄悄的我走了，

正如我悄悄的来；

我挥一挥衣袖，

不带走一片云彩。

[注释]

[1] 青荇（xìng）：多年生草本植物，叶子略呈圆形，浮在水面，根生在水底，花黄色。

[2] 招摇：这里有"逍遥"之意。

[3] 篙（gāo）：用竹竿或杉木等制成的撑船工具。

[4] 溯（sù）：逆着水流的方向走。

沁园春·雪[1]

毛泽东

北国风光[2]，千里冰封，万里雪飘。

望长城内外，惟[3]余[4]莽莽[5]；

大河上下[6]，顿失滔滔[7]。

山舞银蛇，原驰蜡象[8]，欲与天公[9]试比高。

须[10]晴日，看红装素裹[11]，分外妖娆[12]。

江山如此多娇，引无数英雄竞折腰[13]。

惜秦皇[14]汉武[15]，略输文采[16]；

唐宗[17]宋祖[18]，稍逊风骚[19]。

一代天骄[20]，成吉思汗[21]，只识弯弓射大雕[22]。

　　俱往矣[23]，数风流人物[24]，还看今朝。

[注释]

　　[1] 这首词作于红一方面军1936年2月由陕北准备东渡黄河进入山西省西部的时候。作者在1945年10月7日给柳亚子的信中说，这首词作于"初到陕北看见大雪时"。

　　[2] 北国：该词源于中国古代的分裂时期，如宋称辽、金为北国，东晋称十六国等为北国，南北朝时期南方的各朝代称在北方与之对抗的各朝代为北国等。毛泽东诗中的"北国"使人在不觉中产生出一种我国疆土广大的民族自豪感。

　　[3] 惟：只。

　　[4] 余：剩下。此字一作"馀"。

　　[5] 莽莽：无边无际。

　　[6] 大河：指黄河。大河上下，犹言整条黄河。

　　[7] 顿失滔滔：（黄河）立刻失去了波涛滚滚的气势。描写黄河水结冰的景象。

　　[8] 山舞银蛇，原驰蜡象：群山好像（一条条）银蛇在舞动，高原（上的丘陵）好像（许多）白象在奔跑。原，指高原，即秦晋高原。蜡象，白色的象。

　　[9] 天公：指天，即命运。

　　[10] 须：等到，需要。

　　[11] 红装素裹：形容雪后天晴，红日和白雪交相辉映的壮丽景色。红装，原指妇女的艳装，这里指红日为大地披上了红装。素裹，原指妇女的淡装，这里指皑皑白雪覆盖着大地。

　　[12] 分外妖娆：格外婀娜多姿。

　　[13] 竞折腰：折腰，倾倒，躬着腰侍候。这里是说争着为江山奔走操劳。

　　[14] 秦皇：秦始皇嬴政（前259—前210），秦朝的第一个皇帝。

　　[15] 汉武：汉武帝刘彻（前156—前87），汉朝功业最盛的皇帝。

　　[16] 略输文采：文采本指辞藻、才华。略输文采，是说秦皇汉武，武功甚盛，对比之下，文治方面的成就略有逊色。

[17] 唐宗：唐太宗李世民（599—649），唐朝的建立统一大业的皇帝。

[18] 宋祖：宋太祖赵匡胤（927—976），宋朝的创业皇帝。

[19] 稍逊风骚：意近"略输文采"。风骚，本指《诗经》里的《国风》和《楚辞》里的《离骚》，后来泛指文章辞藻。

[20] 一代天骄：指可以称雄一世的英雄人物，泛指非常著名，有才能的人物。天骄，"天之骄子"的省略语。意思是上天所骄纵宠爱的人，成吉思汗即是。汉时称匈奴单于为"天子骄子"，后来也泛称强盛的少数民族或其首领。

[21] 成吉思汗（hán）：元太祖铁木真（1162—1227）在1206年统一蒙古后的尊称，意为"强者之汗"（汗是可汗的省称，即王）。后蒙古于1271年改国号为元，成吉思汗被尊为建立元朝的始祖。成吉思汗除占领中国黄河以北地区外，还曾向西远征，占领中亚和南俄，建立了庞大的蒙古帝国。

[22] 只识弯弓射大雕：雕，一种属于鹰类的大型猛禽，善飞难射，古代因用"射雕手"比喻高强的射手。只识弯弓射大雕，是说只以武功见长。

[23] 俱往矣：都已经过去了。俱，都。

[24] 数风流人物：称得上能建功立业的英雄人物。数，数得着、称得上的意思。

有的人[1]

——纪念鲁迅逝世十三周年有感

臧克家

有的人活着[2]

他已经死了[3]；

有的人死了

他还活着。

有的人

骑[4]在人民头上："呵，我多伟大！"

有的人

俯下身子给人民当牛马。

有的人

把名字刻入石头，想"不朽"；

有的人

情愿作野草，等着地下的火烧。

有的人

他活着别人就不能活；

有的人

他活着为了多数人更好地活。

骑在人民头上的

人民把他摔垮[5]；

给人民作牛马的

人民永远记住他！

把名字刻入石头的

名字比尸首烂得更早[6]；

只要春风吹到的地方

到处是青青的野草。

他活着别人就不能活的人，

他的下场可以看到；

他活着为了多数人更好地活着的人，

群众把他抬举得很高，很高[7]。

[注释]

[1] 本诗每节的前两句都指反动统治者，他们虽然"活着"，但在老百姓的心目中是"行尸走肉"，他们对外不抵抗，对内压迫人民。每节的后两句都是指鲁迅以及像鲁迅这样的人。他们虽死犹生，永远活在人民的心中，赢得人民的尊敬和歌颂。

[2] 活：第一个"活"字意思是肉体还活着，充满了作者的鄙夷和轻蔑，第二个"活"字意思是精神永存，是作者对鲁迅伟大一生的充分肯定和赞美。

[3] 死：第一个"死"字意思是缺少灵魂，充满了作者的痛恨和咒骂，第二个"死"

字意思是肉体死亡，表达了作者的惋惜和怀念之情。

［4］骑：生动地表现了反动派欺压人民、作威作福的神态。

［5］摔垮：人民要推翻反动派，打倒反动派，把仇恨和力量凝聚在一个"摔"字上，"垮"作为结果又形象地表现了反动派可耻而又必然的下场。

［6］烂得更早：形象地写出反动派和贪官想名垂千古却遗臭万年。

［7］抬举得很高，很高：人民只会记住对他们有恩的人，并且会一直支持着他。抬举，称赞；提拔。

乡　愁

余光中

小时候，

乡愁是一枚小小的邮票，

我在这头，

母亲在那头。

长大后，

乡愁是一张窄窄的船票，

我在这头，

新娘在那头。

后来啊，

乡愁是一方矮矮的坟墓，

我在外头，

母亲在里头。

而现在，

乡愁是一湾浅浅的海峡，

我在这头，

大陆在那头。

相关链接

意象组配与求解
——兼谈文学作品的欣赏

张　利

台湾诗人余光中的在《论意象》一文中说："意象（Imagery）是构成诗之基本条件之一，我们很难想象一首没有意象的诗，正如我们很难想象一首没有节奏的诗。"意象之重要，由此可见。其实意象之重要不仅仅体现在文学作品的写作环节，更体现在文学作品的欣赏环节。意象是中国古代文论尤其是古代诗论中一个常用概念，也是西方意象派诗人的主要诗学主张。但它的内涵却一直没有明确的、一致的界定。本文不在理论上对意象内涵界定做过多的研究，而从意象结构的组配与求解两个相反的方面，从作家创作和读者欣赏两个角度去分析意象结构的生成方式，意象结构的组配方式，从而寻得意象结构的求解方式，也就寻得文学欣赏的一条方便之路。

一、意象

目前，对于意象的界定，莫衷一是，或指意和象；或指意中之象；或对意象的理解接近于境界，接近于意境；或对意象的理解接近于艺术形象。可见对意象的理解的角度和侧重点各有不同。袁行霈先生在《中国古典诗歌的意象》一文中指出："物象是客观的，它不依赖人的存在而存在，也不因人的喜怒哀乐而发生变化。但是物象一旦进入诗人的构思，就带上了诗人的主观色彩。这时它要受到两个方面的加工：一方面，经过诗人审美经验的淘选和筛选，以符合诗人的美学理想和美学趣味；另一方面，又经过诗人思想感情的化合和点染，渗入诗人的人格和情趣。经过这两方面加工的物象进入诗中就是意象。诗人的审美经验和人格情趣，即意象中的那个意的内容。因此可以说，意象是融入了主观情意的客观物象，或者是借助客观物象表达出来的主观情意。"

袁行霈先生分析了意象中"象"是属于客观的，物质的，"意"属于主观的，精神的。还分析了物象经过加工变为意象的过程，对意象的内涵做了很好的阐释。在以下分析中我们采用袁先生的观点，并从意象之渊源、意象之哲学基础和意象之美学价位等三个方面进行思考，力求对意象有一个全面的把握，为意象结构组配与求解的分析打下一个坚实的基础。

（一）意象渊源

意象是20世纪初期英美以庞朴等人为首的意象派诗人的重要诗学主张，他们强调创造诗的意象，反对直接在作品中表现抽象的理念。而这种主张则是研究了中国古典诗歌，尤其是唐诗后得出的，可见意象的渊源在中国。其源头可上溯到《周易·系辞》，其云："子曰：书不尽言，言不尽意。然则圣人之意，其不可见乎？子曰：圣人立象以尽意，设卦以尽情伪，系辞焉以尽其言。"又云："圣人有以见天下之赜，而拟诸形容，象其物宜，是故谓之象。"这样的表述，很清楚地告诉我们：第一，"象"不是自然物象，而是对自然物象的模拟、形容、象征，甚至于变形，"象"，本身具有了作为主观创造的特点；第二，"象"本身并非目的，"立象"是为了表达"意"。第三，提出了"言、象、意"三个意象理论的基本要素。以《易传》阐释为基础，从一开始就确立了"意象"范畴在哲学规定中的"表意"性。后来，三国时期的著名经学家王弼，在对《周易》进行诠释时，则明确指出了"言、象、意"三者之间的关系。他说："夫象者，出意者也。言者，明象者也。尽意莫若象，尽象莫若言。言生于象，故可寻言以观象；象生于意，故可寻象以观意。意以象尽，象以言著。"三者之间是一个由表及里的审美层次结构。人们首先接触的是"言"，其次"窥"见的是"象"，最后才能意会到由这个"象"所表示的意。以王弼观点为基础，童庆炳的《文学理论教程》把文学作品的本文层次，相对应地划分为三个层次：文学话语层面、文学形象层面和文学意蕴层面。这种源自《易传》阐释的意象说，是中国文论阐释的基础，有很强的、可持续的阐释能量，实际上在相当程度上规定了中国艺术审美特质的理论界定。

不过文学艺术追求的不是一般意义上的观念意象，而是最能体现艺术家审美理想的高级意象。我国清代文论家叶燮说："可言之理，人人能言之，又安诗人之言之？可征之事，人人能述之，又安诗人之述之？必有不可言之理，不可述之事，遇之于默会意象之表、而理与事无不灿然于前者也。"这种"不可言之理"，"不可述之事"叶燮又称为"至理""至事"，应是作者追求的意象的至境。

(二) 意象的哲学基础

现代美学家叶朗在其《现代美学体系》中指出，由于片面追求物质文明，人类生活中出现了许多问题。其中有三个问题十分突出：一个是人的物质生活和精神生活的失衡，一个是人的内心生活的失衡，一个是人与自然的关系的失衡。而中国的儒家思想则对解决这三个问题提供了哲学基础。其中"天人合一"的哲学，强调人与自然应当建立和谐的关系，有助于我们恢复人与自然的关系的平衡。"天人合一"之"天"指的是世界，在审美层面的天人合一，是指人与世界的交融，这种交融不同于主体与客体两个独立实体之间在认识论上的关系，而是从存在论上来说，双方一向就是合而为一的关系，是超越了主体客体二分模式的天人合一境界，超越了主客分离所达到的更高一级的天人合一，应该说是一种"忘我"或"物我两忘"之境。所以审美意识的核心在于"超越"。正如叶朗所说："意象"是情与景的统一，不是情与景的相加，意象是既不同于"情"，也不同于"景"的一个新的质。意象不能还原为单纯的情，也不能还原为单纯的景。所以意象说，既不同于再现说（再现外在景物），也不同于表现说（表现内在情意）。

人与世界要统一，统一在什么地方，如何统一？庞朴通过对中国传统思想的考释发现，在二分的"道""器"之间有一个"象"。他说："象之为物，不在形之上，亦不在形之下。它可以是道或意的具象，也可以是物的抽象。""象"介于形而上的"道"和形而下的"器"之间，是一架沟通形上形下的桥梁，如果我们把"道"理解为一种主观的精神性的东西，把"器"理解为一种客观的物质性的东西，那么，"象"就是沟通主观与客观，物质与精神之间的桥梁。也就是说在主体人的道或意，在客体世界的器或物之间有一个共同指向的"象"，这个"象"

是"道""器"不分的。哲学家在探讨世界的本质时，他们给出的答案不是物质就是精神，也就是说，不是"器"就是"道"，他们往往忽略了"道""器"之间还有一个活生生的"象"，"象"界于道和器两端的中间。"象"不仅具有独立的价值，而且具有最高的价值，是"道""器"不断聚拢的目标，共同追求的目标，也真是"天人合一"的目标。

庞朴在发掘中国思想中的"象"的意义时指出："道—象—器或意—象—物的图式，是诗歌的形象思维法的灵魂。"其实这也是艺术创造的灵魂。在"意象"理论中，这种主客沟通、物我交融的思想表述越来越明确，如王夫之就用"情中景""景中情""情景妙合无垠"作为意象的特征。这种情景交融、主客统一的"意象"，才是美学意义的美。审美境界就是这种"道""器"不分的"象"的境界，这种境界用意象来表示最为合适。

（三）意象的审美价位

中国哲学有一个根深蒂固的观念，即认为天人原本是合为一体的，只是因为人受了私欲的蒙蔽，才逐渐脱离原本合一的状态。人生最高的理想，便是去此蒙蔽，自觉地达到天人合一的境界。不管采取的方式有多大的差异，中国文化的最终目的是要回复到"天地万物一体之境界"。那么，中国审美文化当然也不例外。在审美文化中，"意象"是审美体系中的最重要一环。

"意象"的物态化是具体的艺术作品，审美就是对具体艺术作品的赏析过程，这一过程有五个部分，构成了一个内在的体系：①特殊的美学观念和与之相适应的审美行为方式。②审美意象。③审美感兴。④审美境界。⑤艺术形式。中国古典美学最高的美学观念是"道"，决定了与之相应的审美行为方式是"物我交融"的体验。在审美体验中，对象是以意象的形式存在的具体的各种艺术形式的艺术作品，主体则是处于一种兴发状态的人。作为主体的人运用"体验"的审美方式对"意象"（各种艺术形式的艺术作品）进行"感兴"，直接达到主客不分的审美境界，也就是"天人合一"，由此构成了整个审美。

在整个审美过程中，"意象"作为审美之文本，成为审美的对象，规定和制约着整个审美的过程。

这里有一个需要指出的审美现象，在审美体验之前，意象的物态化是具体的艺术作品，具体艺术作品之意象是作者创造意象时，主客观的统一，情与景的统一。而审美过程中，加入了一个新的因素——审美主体人，审美的意象也成为审美主体的感兴，与审美对象之原本之意象在审美活动中共同建构起来新的意象。有的学者把具体艺术作品之意象叫作原创性意象，把审美活动中新建构的意象叫继发性意象，因为这一新意象已经带有了审美主体（读者）自己的而不同于作家的感兴，成为新的审美意象。这实际上是审美主体（读者）对意象的求解，这一所求之解与作者之意象有着一定的差别。

二、意象组配的方式与原则

意象组配是指根据文学创作的需要，将"意"与"象"经过各种方式的组合，形成一个相对固定的结构，使它们之间既有外在之关系，也要有内在之脉络，从而形成全文有机的系统，构成和谐的美。

意象经过整合，不仅能使诸多单一的意象美凝聚为复合的意象美，而且有助于作品凝缩为完整的艺术品。单个意象犹如颗颗珍珠，只是单一之美、局部之美，只有组配成出色的意象结构，才能将珍珠串成项链，才有整体的魅力。

（一）意象组配的方式

1. 单象式

单象式是指文学作品中只有唯一的一个象，由这个象独立地承担意，并且意象之联系具有大众普遍认可的象征意义。下面分两种情况分析：

（1）单一的"象"对应单义的"意"。

①意象组配不构成作品的主体意象。

中国诗词的送别意象很多，长亭、短亭、阳关、古道、芳草、杨柳、明月、夕阳等，这里选取袁行霈对杨柳的分析（《中国古典诗歌的意象》）略述之。

杨柳，是中国古代送别诗中的通用意象，也是最优美动人、情意绵绵的一个意象。最早见于《诗经·小雅·采薇》最后一章中"昔我往矣，杨柳依依；今我来思，雨雪霏霏"。当年被征入伍离开家乡时，门前的杨柳枝条婀娜，迎风摆拂，像是依依不舍的样子；今天我侥幸回来了，眼前却雨雪纷飞，景象寒冷凄凉。"昔我往矣，杨柳依依。"景中含情，以轻柔可爱的杨柳，反衬出辞别家园的依恋感伤的心情。这样杨柳的依依之态和人们的依依惜别之情和谐地交融在了一起，使"杨柳"这个意象开始注入了惜别之情的意蕴。因为杨柳和离别关系密切，致使《折杨柳》曲也多写离愁别绪，听《折杨柳》曲调，也会触动离愁，如李白《春夜洛阳闻笛》："谁家玉笛暗飞声，散入春风满洛城。此夜曲中闻折柳，何人不起故园情。"宋词中多承前人杨柳意象之本意，如柳永《雨霖铃》："多情自古伤离别，更那堪，冷落清秋节。今宵酒醒何处，杨柳岸晓风残月。"

②意象组配构成作品主体意象。

这是指在文学作品中，只有这样一个单一的意象，但这单一的意象构架起了整个作品的主体意象。

周敦颐的《爱莲说》一百余字，用莲花架构起全文的主体意象，自此以后，"君子之莲"作为一种洁身自好、高岸脱俗的人格象征烙印在人们的心田，得到了人们由衷的喜爱。通过牡丹、菊之衬托，特别是对莲花体物入微的描写，传神地揭示了莲的内在气质，使花貌与人品浑然一体。将莲花人格化，使莲花物象贯注了作者强烈的生命体验和深厚的道德精神，承载了作者的理想和情操。

朱自清的《荷塘月色》用宁静、雅洁、情趣和自由构成了荷塘美，这荷塘月色的意象完全是按照当时一代自由知识分子的嗜好、情调和意愿构建起来的。这是一批品行端正、为人正直、富有良知的知识分子，他们曾经接受五四运动的洗礼，在第一次革命失败后既不能投身激烈的阶级斗争，也不愿为反革命权势效劳，他们洁身自好，秉性高雅，喜欢净洁，追求自由。朱自清先生创设的"荷塘月色"意象完全契合这批知识分子的意愿和情趣，"荷塘"已经成为当时一代知识分子的精神家园。

闻一多的《死水》中的死水意象，臧克家的《老马》中的老马意象等，都是完整的单一的主体意象。

（2）单一的"象"对应多义的"意"。

作者开初组配的意和象，也许就是一一对应的关系，但随着历史沉淀与读者变迁，又产生了新的意义，开初的意义就延伸出了其他的意义。这不断涌现的新的意义，也许就是文学创作的真正趣味和文学价值。

李白的一首《静夜思》家喻户晓，妇孺皆知，20个字的小诗，以最简单的明月意象，架构起了一个思乡的主题。而今天看来，思故乡不仅仅是每一个离乡的游子不可遏止的还乡的冲动，更是精神流浪者和精神孤独者，回归精神家园的冲动，追寻人生本然样态的冲动。这样其诗由单一的"意"扩大为多重的"意"，有了人性复归和人类寻根的多主题内涵。

同是"明月"物象，不同的诗人，不同的情感，不同的生命体验，会赋予明月不同的意象内涵。这里选用陆精康《多情的月亮》中的例子，把《高中语文》中唐诗宋词的"月亮"意象归纳如下：松间明月被王摩诘蒙上了淡淡的禅意（《山居秋暝》）；鉴湖皎月被李太白引为人生知己（《梦游天姥吟留别》）；秦淮明月被刘梦得请来见证悲凉历史（《石头城》）；江心秋月被白乐天邀来聆听人间仙乐和感伤（《琵琶行》）；沧海皓月被李义山用来感伤凄凉身世（《锦瑟》）；小楼凄月被李重光用来演绎生命绝唱（《虞美人》）；柳岸晓月被柳耆卿借来渲染离别情怀（《雨霖铃》）；赤壁江月被苏东坡用来抒写人生感悟（《念奴娇·赤壁怀古》）；西楼满月李易安借之倾诉闺阁忧怨（《一剪梅》）；维扬冷月姜白石用来烘托劫后荒凉（《扬州慢》）。月是一种道具，一种背景，一种气氛，更是一种文化符号，一种情感媒介，一种审美情趣。她已不是一种普通的星体，普通的物象，已成为一种文化象征，承载了民族深刻的文化内涵。

孤立地看"明月"只是单纯的物象，是艺术审美世界里的无机物，而能够使它们转化为审美有机体的过程，恰恰是让它们彼此分异而成为特殊体的过程。此"明月"非彼"明月"，这说不完也说不清的分异差别，构成无数个"这一个"，就有点"典型环境中典型性格"的味道了，离开了"典型环境"，典型性格也就失去了典型性。离开了"典型环境"，而月亮也就失去了独特的诗意的美。由此看来，即使同一个单纯的物象，她也无法体现出审美的"这一个"。

2. 多象式

文学作品不仅仅只有单一的意象，多种意象融合会加大作品的整体美。

（1）递进组配：各个意象之间呈现一种不断推进、不断深入的关系。

余光中的《乡愁》从广远的时空中提炼了四个意象：邮票、船票、坟墓、海峡。而以时间的发展为线索来组合意象："小时候""长大后""后来啊""而现在"。这种表时间的时序语，像一条红线贯穿全诗，概括了诗人漫长的生活经历和对祖国的绵绵怀念，前面三节诗如同汹涌而进的波涛，到最后轰然汇成了全诗的狂涛巨澜，由小时候个人的经历引申到更加亮丽的主题上，将个人的悲欢和巨大的祖国之爱、民族之恋交融在一起，他的乡愁诗是我国民族传统的乡愁诗在新时代的变奏曲，有着强烈的时代感和现实感。

（2）并列组配：作品之意象平行排列，围绕一个"意"从不同方面去突显主题。

美国诗人狄金森的《篱笆那边》中的"草莓""篱笆"，就是非常鲜明的并列意象。"篱笆"是人为的保护网，作用是把孩子与他向往的东西隔开，它的"意"就是禁忌；草莓喻指一切美好的事物，可视为一切难以抵御的诱惑，是人性的欲望。这两个并列而又相互抵牾的意象组合在一起，反映的是欲望与禁忌的冲突，人类无论怎样也摆脱不了由这种冲突造成的困惑和尴尬。怎样调节欲望与禁忌的关系，解决二者的冲突，这是无数哲人思索和探究的哲学命题。狄金森以诗的形式呈现和思索了这一命题，表达了对文明社会里人类存在境况的深刻思索。台湾诗人余光中的另一首乡愁诗《乡愁四韵》就很有特色，他提炼了四个意象：长江水、红海棠、白雪花、香腊梅，平行并列，好像四个平行的乐段，围绕主题交汇成了一曲奏鸣绝响。

（3）辐射组配：某个意象处于中心位置，其他意象分布在中心意象周围。

余光中《欢呼哈雷》就是以"哈雷彗星"作为全诗的中心意象，而天宇的渺茫，人间的百态，历史的回溯，现实的情景，都是围绕哈雷彗星这一中心意象而展开，在反复的咏唱和照应中完成了全诗辐射性的意象结构，从而使这个主意象与个人生命意识、民族意识和宇宙意识融为一体。诗人以一种超越的哲学思维与阔大的民族胸怀，将全诗的意境提升到崭新高远的层次，使读者获得了强烈的感情震撼和高层次的心智喜悦。

（4）寓言式组配：这是人类古老而普通的艺术形式之一，通过故事寓示一种哲理或观念。

2003年高考作文以疑邻盗斧的寓言故事引出了"感情与认知"的话题。海南某学生以"美丽的大鸟"为题，自编了一篇现代寓言。通过猫头鹰和猫两个意象串连的荒诞故事，很幽默地突显了"感情与认知"的哲学内蕴，使文章的主旨更加鲜明。

寓言式组配在中国寓言文体中十分发达。西方寓言式组配的例子有美国作家海明威的《老人与海》，但主要在现代派作家作品里，如尤奈斯库《秃头歌女》，通过夫妇两个对面不相识的荒诞式寓言，显示了作者对人与人关系的哲理思考。

3. 变形式

意象变形是为了强烈地表达审美主体的审美感情与审美体验，对审美客体的外形乃至性质，做异于自然形态的变化。从生活的审美体验出发的变形，从来就是文学创作的重要美学手段，任何艺术的创造都是变形的创造。雪莱就曾说"诗使它触及的一切变形"。

变形意象成功的例子，主要在西方现代作家的作品里。奥地利作家卡夫卡的《变形记》是意象变形的典型，通过商品推销员格里高尔·萨姆沙一觉醒来，变成大甲虫的意象，深刻地表达了人性异化的哲理思考。而其意象大甲虫是经过变形处理的，卡夫卡从人类生存现状角度选择的甲虫，保留了自我保护为本能而形成的甲壳，但去掉了意味着某种飞翔和超越自由的，与人类生存现状相矛盾的特征——翅膀，所形成的没有翅膀的甲虫，更好地负载起作者"意"的表达。

法国剧作家尤奈斯库笔下的犀牛，中国古代神话中以乳为目、以脐为口、战斗不止的刑天都是变形的意象。变形意象多具有荒诞性特征，而现代艺术中荒诞的趋向更加明显，已成为一个发展的方向，这一点不仅包括文学界，而且包括绘画、雕塑等所有艺术界。

（二）意象组配的原则

1. 意象组配的基本条件

其一，"象"与"意"之间有着历史文化的内在联系；

其二，"象"与"意"的组合多被传统习惯认可；

其三，"象"与"意"的组配，是在文人创作的实践中代代因袭而逐步固化的；

其四，二者对应之关系可以在历史存在中延续。

2. "意"对"象"的引领作用

意象本质上是以表达意为目的，是表意之象，其创作思维过程是从抽象到具象的，抽象之思维对物象的选择和设计有严格的引导作用和决定作用。但生活中客观物象与主观抽象思维完全对应的情况是非常少见的，因此在创造意象时，就必须在"意"的引导和决定下，对客观物象进行选择、组合、设计，甚至变形，确保意的主导作用。这是意象生成的首要原则。

3. "意"与"象"应有一个最佳象征切合点

象征是审美意象最基本的表现手法，黑格尔指出："象征一般是直接呈现于感性关照的一种现成的外在事物，对这种外在事物并不直接就它本身来看，而是就它所暗示的一种较广泛较普遍的意义来看。因此，我们在意象里应该分出两个因素，第一是意义，其次是这意义的表现。"这意义的表现可能是"感性关照的一种现成的外在事物"，也可能是一种组合的变形的"物"，但这物实际上已经变成了"意义"的载体，这"物"也就是"象"，只有当"象"已完全承载起了全部的"意"，能通过"象"看到"暗示的一种较广泛较普遍的意义"，那么，这才可以说找到了"意"与"象"的最佳切合点，这个意象才是真正成立的。

4. 意象的组配要有一定的独创性

好的意象往往以独特性与新颖性给读者以强烈的美的刺激，而平庸的意象使作品也平庸起来。如果诗人没有独创、隽永的美质，一定创造不出独特的有创意的意象来。在意象的创造中，没有什么比陈陈相因、千夫所言如一喙更令读者厌倦了，也没有什么比独创的意象更令读者心花怒放了，因为独创带来了艺术的新鲜感。

如台湾诗人痖弦的《晒书》，在晒书时发现了一条蛀书虫，这本来是极其普通的生活现象，似乎很难入诗，但他却说"一条美丽的银蠹鱼/从《水经注》里游出来"，从而使平凡变为奇异，日常小景化为隽永的小诗，一个蛀虫也经历了漫长的中国历史,承载了中国文化的内涵。洛夫在《边界望乡》中有"望远镜中扩大数十倍的乡愁/乱如风中的散发",可谓绝妙的意象。"乡愁"是"意",贾岛有"孤灯燃客梦,寒杵捣乡愁"的妙想,秦观有"落红万点愁如海"的夸张,李清照有"只恐双溪舴艋舟,载不动许多愁"的担忧;余光中有"小时候/乡愁是一枚小小的邮票"的寄托,前人之述备矣。但洛夫却把它和望远镜联系起来,说它在望远镜中"扩大数十倍",虚的乡愁呈现出了体积和重量,而乱发当风愁如乱发,那就是"剪不断,理还乱"的乡愁了。可谓独出心裁,提炼出了鲜活的意象。

5. 意象组配切勿杂芜和分散

台湾诗人洛夫在《知性与抒情》一文中指出,词藻的堆砌和意象的重叠,这是所有诗人早年最易犯的毛病。"青年诗人无不感情洋溢,想象丰富,尽其可能地炫耀自己的才华,尤耽于美辞奇句的雕琢,问题乃在如何使才情与语言作有效地表达,适当地调度,否则就会形成一种累赘,一种浪费。意象过于纷呈,使得诗中的含意变成了一堆乱丝。"的确如此,究其意象大致有两种错误现象:一是大量堆砌意象,不知删汰与淘洗,以至意象芜杂而臃肿,连读者想象的时空也被拥塞了;二是意象单独而分散,没有形成合力,缺乏复合美或整体美。

三、意象审美求解

意象的组配是作家的主观之意与客观事物之象在文字中的交融与呈现,对意象的熔铸与提炼贯穿着从抽象到具象的思维过程,"象"背后的"意"被完全地掩盖起来,"意"完全由"象"去承担。所以,黑格尔说,象征到了极致就变成了谜语,法国象征主义诗人马拉美认为:"诗永远应当是一个谜。"那么,从读者欣赏角度去考察,思维则是由具象到抽象,是对具体形象从揣摩、思考到观念、思想、哲理的领悟。所以,这种鉴赏思维的特点就是"求解",解开这个"谜"。法国象征主义诗人马拉美就说"诗写出来原是叫人一点一点地去猜想"就是这个意思。这个猜想的过程,便是意象审美求解的过程。

(一)思维方式的反向性

组配意象的思维过程是由抽象到具象,而意象求解的思维过程是由具象到抽象。文艺理论习惯把组配意象的结果叫"原生性意象",在欣赏活动中,读者受"原生性意象"的刺激,参与了对意象的再创造,我们把读者参与的再创造的意象叫"继起性意象"。在整个求解过程中,读者不断地调动自己大脑库存和生活经验去猜测,去思考,最终归纳出某种抽象的结论。这便是审美鉴赏中的求解式思维,与创造意象的思维相比,具有了反向性。

(二)意象的不确定性和多义性

在意象的鉴赏之中,有两种情况可以引起意象的非确定性与多重意义。一是有些好作品,其意象创造时的"意"是非常确定的,随着社会生活的不断发展,时代又赋予了作品更新的"意",更刺激了读者多方面的联想。如前面已经谈过的李白的《静夜思》。一是作品之意象本身就具有不确定性与多重意义。原来那种直线因果式的欣赏思维就不能满足这两种情况,需要建立多角度全方位的开放性的欣赏思维模式。

台湾诗人向明在1987年突然接到他二妹辗转托人捎来的一幅湘绣被面,不禁百感揪心,赋了《湘绣被面》。"湘绣被面"本是生活中的实物,不具有普遍的象征意义,但作者却对之做了诗化的变形,使它成为一种特殊的象征,或是一封家书"好读的一封家书呀/不著一字,/摺起来不过盈尺";或是一条道路"一床宽大亮丽的绸质被面/一展就开放成一条花鸟夹道的路/仿佛一走上去就可以回家";或暗示人生世途"只是这绸幅上起伏的摺纹/不正是世途的多舛"。这些比喻层次很好,是确定的"意",但透过这流畅的诗作,其内涵远比这几个具体比喻广阔和多样。"湘绣被面"之意象已成为诗人自己或是海外诗人归国思乡的多元象征意象了。

从审美鉴赏角度说,中国诗歌中最朦胧多义的诗是李商隐的《锦瑟》了,它似乎具有可变性的抒情结构,人们不断发现它的新意。据不完全统计,截至目前,诠释《锦瑟》的文章多达150余篇,有42种解释,主要有咏令狐家青衣说、咏瑟声适怨清和说、悼念亡妻说、自伤身世说、自题诗集序诗说等。而其多义的根源之一,就在于意象本身的模糊,尤其是庄生梦蝶、望帝鹃啼、沧海遗珠、蓝玉生烟等华丽的意象,虚实变化,其妙无穷,表现了多层次的朦胧境界与浓重的惆怅感伤的情思,写出了奇异的广阔的审美效果。

（三）意象的暗示性

意象是中国古代诗论的常用概念，在诗歌中发挥得最为充分。而诗，不主叙述而主表现，不主说明而主暗示。因为暗示可以调动读者欣赏的积极性，暗示可以加强诗的吸引力和对读者的启示力，读者可以在暗示的引导下去创造更丰富的境界和容量。

如余光中《寻李白》"怨长安城小而壶中天长"句，"小"与"大"矛盾，"长安城小"而"壶中天长"又是反向的变形，加上一个"怨"字，更感觉诗富有了弹性，有了极大的伸缩性与延展性，令人咀嚼不尽，那现实生活与诗学境界、个性气质等都通过这一声"怨"在大与小的对比中暗示了出来。还有"酒入豪肠/七分酿成了月光/余下的三分啸成剑气/绣口一吐就是半个盛唐"，诗人从与李白密切相关的明月、酒、诗落笔，几个数量词配上清新俊逸的几个动词，做成了惊世骇俗的意象，不仅活画了李白风流文采与豪放不羁的个性，而且古典盛唐的芬芳和强烈的民族归依感也很好地暗示出来了。

（四）意象的荒诞性趋向

寓言式的意象已经很早地显示了意象的荒诞性，而现代艺术中荒诞的趋向更加明显，已成为一个发展的方向，这一点不仅包括文学界，而且包括绘画、雕塑等所有艺术界。这种趋向既表现在意象变形而成的荒诞，如卡夫卡的大甲虫、尤奈斯库的犀牛，也表现在生活情理上的荒诞性，这在贝克特的《等待戈多》和尤奈斯库的《秃头歌女》中非常明显。随着现代艺术的发展，这种趋向还会继续延伸下去。

在文章结尾的时候，我想起了评论家李元洛的话："没有新鲜、独特而意蕴深厚的意象，就像没有草长莺飞就不成其为江南春湖，如同没有白马秋风就不成其为塞北秋日。"但愿我的思索，可以对意象、意象结构的组配与求解有那么一点裨益，但愿我的努力，能够提升同学们的欣赏努力。

项目九　经典提要

【主要内容】

(1) 古代哲学原典部分。

(2) 现当代著述部分。

【时长】

一学期

【实施步骤】

学习原典及现当代著述

(1) 根据提要学习原典。

(2) 根据提要选择现当代著述进行课外阅读。

(3) 写读后感，提升自己的文化修养。

学习原典及现当代著述

[学习目标]

1. 素质目标

能够用阅读的方式传承中华优秀文化。

2. 知识目标

(1) 了解古代哲学原典 10 部：《论语》《孟子》《大学》《中庸》《四书章句集注》

《老子》《庄子》《心经》《金刚经》《坛经》

（2）了解现当代著述 16 部：《国学概论》《国学入门》《生命的学问》《中国哲学简史》《老子他说》《老子的智慧》《禅海蠡测》《中国传统文化》《国史十六讲》《中国大历史》《唐宋词十七讲》《中国古琴艺术》《书法概论》《中国茶典》《中国山水画史》《中国共产党简史》。

3. 能力目标

（1）依据提要学习原典原著。

（2）依据提要阅读现当代著述。

（3）写出 3 篇读后感。

古代哲学原典

下面介绍部分古代哲学原典的阅读提要。

《论语》

提要：本书记录了孔子及其弟子的言行，集中体现了孔子的政治主张、伦理思想、道德观念及教育原则等，是最重要的儒家经典之一。

《孟子》

提要：本书是孟子的言论汇编，由孟子及其弟子共同编写而成，是记录孟子的语言、政治观点和政治行动的儒家经典著作。

《大学》

提要：本书是儒家经典之一，原为《礼记》中的一篇，全面总结了先秦儒家关于道德修养、道德作用及其与治国平天下的关系。

《中庸》

提要：原是《礼记》中的一篇，是中国古代讨论教育理论的重要论著。南宋朱熹把它与《论语》《孟子》《大学》合称为"四书"。

《四书章句集注》

提要：本书是《大学》《中庸》《论语》《孟子》四书的重要注本，是一部儒家理学的经典著作，为宋代朱熹最有代表性的著作之一。

《老子》

提要：又称《道德经》，是我国道家学派和道教最著名的一部经典。它以"道"为核心，构建了上至帝王御世，下至隐士修身，蕴含无比丰富的哲理体系。

《庄子》

提要：本书是道家经典之一，阐述了庄子"天道无为"的哲学思想，对哲学、文学都有非常大的影响。

现当代著述

下面介绍部分现当代著述的阅读提要。

《国学概论》（钱穆，商务印书馆）

提要：本书是国学大师钱穆以先秦诸子、魏晋玄学、宋明理学、清代考据学为脉络所著的中国学术思想史入门读物，语言精辟，论述深微，影响很大。

《国学入门》（朱维焕，中国人民大学出版社）

提要：本书首先阐明何为"国学"，接着从考据之学、词章之学、义理之学和历史之学四方面加以详细叙述，是一本简明扼要的国学入门读物。

《生命的学问》（牟宗三，广西师范大学出版社）

提要：本书是著名哲学家牟宗三先生关于人生问题的一部名著。针对技术时代的种种偏颇，探索人生的正途，旨在提高人的历史文化意识，点醒人的真实生命，开启人的真实理想，以自体的觉悟向外开出建立事业与追求智慧的理想，向内渗透此等理想之真实本源，使理想成为真理想，从而执着，这正是生命学问的全体大用。

《中国哲学简史》（冯友兰，北京大学出版社）

提要：冯友兰先生是现代中国著名的哲学家，本书在有限的篇幅内打通古今中外的相关知识，充满睿智与哲人洞见。

《老子他说》（南怀瑾，复旦大学出版社）

提要：本书是南怀瑾先生关于《老子》的讲记，对《老子》的内涵做了充分的阐解、辨正和引述，具有深入浅出、明白通畅的特点。

《老子的智慧》（林语堂，外语教学与研究出版社）

提要：本书是我国当代著名文学家林语堂先生向西方介绍道家乃至整个中国古代哲学思想的一部重要著作。全书阐释了老子思想的独特性、道家哲学与儒家哲学的差异性，以通俗晓畅的文笔将中国古人的智慧呈现给读者。

《禅海蠡测》（南怀瑾，复旦大学出版社）

提要：禅宗是佛教的重要宗派之一，对我国古代知识分子的价值取向、思想情感和思维方式产生了极深刻的影响。本书通过纵向的叙述和横向的比较，对禅宗的演变、宗旨、传授和修行实践，禅宗与净土宗、密宗、丹道、理学和西方哲学的异同等，做了分门别类的论述，提出了不少独到的见解。

《中国传统文化》（张岂之，高等教育出版社）

提要：本书以专题形式介绍了我国古代传统文化的方方面面，有助于读者对中国传统文化有一个概观性的了解。作者张岂之是当代极富声誉的文化思想史专家。

《中国大历史》（黄仁宇，三联书店）

提要：本书一改同类书籍史料堆砌或以单一历史事件为关注点的历史叙述方式，注重对历史宏观线条的勾画和历史本身相沿成型的结构框架。作者黄仁宇先生是当代著名华裔历史学家，在中国古代史学界影响巨大。

《唐宋词十七讲》（叶嘉莹，北京大学出版社）

提要：本书着力于介绍每位词作者的风格与其所传达的感情之品质的差别，让读者借此感受到词作生动的美感。

《中国共产党简史》（人民出版社，中共党史出版社）

提要：1921年中国共产党的成立，是中国历史上开天辟地的大事变。从此，苦难深重的中国人民开始掌握自己的命运，谋求民族独立、人民解放和国家富强、人民幸福的斗争就有了主心骨、领路人。

中国共产党一经成立，就把实现共产主义作为党的最高理想和最终目标，义无反顾肩负起为中国人民谋幸福、为中华民族谋复兴的初心和使命，团结带领中国人民进行了艰苦卓绝的斗争，谱写了气吞山河的壮丽史诗。

在新民主主义革命时期，面对帝国主义、封建主义、官僚资本主义三座大山，以毛泽东同志为主要代表的中国共产党人，把马克思列宁主义的基本原理同中国革命的具体实践结合起来，创立了毛泽东思想，团结带领中国人民进行28年浴血奋战，成功开辟了农村包围城市、武装夺取政权的中国革命道路，打败日本帝国主义，推翻国民党反动统治，完成新民主主义革命，建立了中华人民共和国，彻底结束了旧中国半殖民地半封建社会的历史，彻底结束了旧中国一盘散沙的局面，彻底废除了列强强加给中国的不平等条约和帝国主义在中国的一切特权，实现了中国从几千年封建专制政治向人民民主的伟大飞跃。

在社会主义革命和建设时期，以毛泽东同志为主要代表的中国共产党人，团结带领全党全国各族人民完成社会主义革命，确立社会主义基本制度，推进社会主义建设，完成了中华民族有史以来最为广泛而深刻的社会变革，为当代中国一切发展进步奠定了根本政治前提和制度基础，为新的历史时期开创中国特色社会主义提供了宝贵经验、理论准备、物质基础。

党的十一届三中全会以后，以邓小平同志为主要代表的中国共产党人，团结带领全党全国各族人民深刻总结中华人民共和国成立以来正反两方面经验，借鉴世界社会主义历史经验，创立了邓小平理论，解放思想，实事求是，做出把党和国家工作中心转移到经济建设上来、实行改革开放的历史性决策，明确提出走自己的路、建设中国特色社会主义，深刻揭示社会主义本质，确立社会主义初级阶段基本路线，科学回答了建设中国特色社会主义的一系列基本问题，制定了到21世纪中叶分三步走、基本实现社会主义现代化的发展战略，成功开创了中国特色社会主义。

党的十三届四中全会以后，以江泽民同志为主要代表的中国共产党人，团结带领全党全国各族人民坚持党的基本理论、基本路线，加深了对什么是社会主义、怎样建设社会主义和建设什么样的党、怎样建设党的认识，形成了"三个代表"重要思想，在国内外形势十分复杂、世界社会主义出现严重曲折的严峻考验面前捍卫了中国特色社会主义，确立了社会主义市场经济体制的改革目标和基本框架，确立了社会主义初级阶段的基本经济制度和分配制度，开创全面改革开放新局面，推进党的建设新的伟大工程，成功把中国特色社会主义推向21世纪。

党的十六大以后，以胡锦涛同志为主要代表的中国共产党人，团结带领全党全国各族人民在全面建设小康社会进程中推进实践创新、理论创新、制度创新，深刻认识和回答了新形势下实现什么样的发展、怎样发展等重大问题，形成了科学发展观，抓住重要战略机遇期，聚精会神搞建设，一心一意谋发展，强调坚持以人为本，全面协调可持续发展。提出构建社会主义和谐社会，着力保障和改善民生，促进社会公平正义，推动建设和谐世界，推进党的执政能力建设和先进性建设，成功在新的形势下坚持和发展了中国特色社会主义。

党的十八大以来，以习近平同志为主要代表的中国共产党人，团结带领全党全国各族人民统揽伟大斗争、伟大工程、伟大事业、伟大梦想，从理论和实践结合上系统回答了新时代坚持和发展什么样的中国特色社会主义、怎样坚持和发展中国特色社会主义这个重大时代课题，创立了习近平新时代中国特色社会主义思想，统筹推进"五位一体"总体布局，协调推进"四个全面"战略布局，加强党的全面领导，坚持和完善中国特色社会主义制度，推进国家治理体系和治理能力现代化，着力提升人民群众获得感、幸福感、安全感，解决了许多长期想解决而没有解决的难题，办成了许多过去想办而没有办成的大事，推动党和国家事业发生历史性变革、取得历史性成就，党的面貌、国家的面貌、人民的面貌、军队的面貌、中华民族的面貌发生了前所未有的变化，近代以来久经磨难的中华民族迎来了从站起来、富起来到强起来的伟大飞跃，迎来了实现中华民族伟大复兴的光明前景。

中国共产党百年历史，是一部不懈奋斗史、思想探索史、自身建设史。这一百年是矢志践行初心使命的一百年，是筚路蓝缕奠基立业的一百年，是创造辉煌开辟未来的一百年。回首百年历史，展望美好明天，最重要的就是坚定中国特色社会主义道路自信、理论自信、制度自信、文化自信。

中国共产党成立一百年时，全面建成小康社会第一个百年奋斗目标已经实现，到中华人民共和国成立一百年时，建成富强民主文明和谐美丽的社会主义现代化强国第二个百年奋斗目标也一定能实现。

百年恰是风华正茂，百年仍需风雨兼程。从建党的开天辟地，到中华人民共和国成立的改天换地，到改革开放的翻天覆地，我们走过千山万水，创造了足以让中国人民引以为豪的辉煌历史。在全面建设社会主义现代化国家新征程上，全党全国各族人民要紧